FOOD FOR THE THINKING MIND

FOOD FOR THE THINKING MIND

행복을 여는 지혜

담마난다K. Sri Dhammananda 엮음
홍종욱 옮김

지혜의 나무

들어가는 말

　제목이 말하는 바와 같이 본서는 특정 종교인—불교인—을 독자로 삼은 것이 아니라 수세기에 걸쳐 훌륭한 사상가들이 남긴 우리 인생 전반에 관한 명언을 되새겨 보기를 바라는 사람들을 위한 것이다. 한 때의 행복에도 불구하고 인생의 여러 상황을 전반적으로 살펴보면 만족과는 거리가 멀다는 것을 아무도 부정할 수 없다. 우리 모두는 어려운 문제들을 뛰어넘어 일반적으로 큰 성공은 아니더라도 완전한 행복을 얻으려는 꿈을 항상 꾸어 왔다. 시기적으로나 지역적으로 서로 멀리 떨어진 여러 사상가들은 이러한 인간의 상황을 어떻게 이해하여야 하며 어떻게 하면 행복을 얻을 수 있는가를 깊이 생각해 왔다. 그들은 언뜻 보기에는 단순하나 인간의 온갖 경험의 깊은 곳에서 우러나온 간명하면서도 알기 쉬운 명언으로 그들의 생각들을 구체화시켰다. 본서는 이러한 명언들의 모음집으로, 독자들은 이를 음미하여 얻는 바가 있기를 바란다. 명언들을 되새겨봄으로써 독자들은 자신이 처한 상황을 이해하여, 보다 행복하고 의미 있는 인생을 살아갈 수 있을 것이다. 우리가 안고 있는 문제의 대부분은 우리의 불쾌감, 불만감의 원인을 알지 못하고 있다는 사실에 기인한다.

인간은 갈망에 의해 내몰려가고 있는 존재이다. 보고 듣고 냄새 맡고 맛보고 만지고 마음으로 느끼는 여섯 감각기관이 요구하는 여러 가지 욕구를 채울 거리를 끊임없이 찾고 있다. 불교는 이러한 욕구를 다음과 같이 네 가지로 나눈다. 인간은 네 가지 채울 거리가 필요하다.

- 육체를 위한 것
- 감각을 위한 것
- 마음을 위한 것
- 의식을 위한 것

쉽게 알 수 있듯이 육체와 감각에서 일어나는 욕구의 충족은 동물들도 마찬가지이기에 조잡하고 비천하다. 마음에서 일어나는 욕구의 충족은 세상사에 대한 우리의 자연적인 호기심 충족으로 채워진다. 과학은 이렇게 해서 얻은 지식을 이용하여 물질적인 면에서는 우리를 더욱 안락하게 해주지만 이 속물적 안락은 '자아실현' 욕구를 만족시키지 못하기에 궁극적인 행복을 가져다주지 않는다.

인간의 존재의의를 찾고 인간적 상황을 초월하려면 근원적이고 존재론적 질문에 대한 해답이 필요하다. '나는 누구인가?', '나는 여기 무엇을 하고 있는가?', '나는 필요한 인간인가?'. 이러한 질문에 대한 학구적인 해답만으로는 영원한 행복을 얻을 수 없다.

행복은 의식을 철저히 순화시키고 불안, 의심, 두려움 등 정신적인 때인 번뇌를 제거해야 얻을 수 있다. 이 세상에서 얻은 경험적 지식은 괴로움(苦)의 근원이 되는 불안의 불길을 가라앉히는 현실적인 과업에 대처하는 데 도움이 된다.

본서는 그러므로 두 가지 역할을 한다.

- 위대한 사상가들이 파악한 인간의 제 조건에 관한 지식을 얻기 위한 흥미 있는 수단을 제공하고
- 독자들로 하여금 의식순화의 생활을 하도록 고무시켜 궁극적이고도 영속적인 행복을 달성하게 한다.

본서에 수록된 명언들은 여러 종교 창시자들의 것과 상이한 종교 지도자들의 것만 아니라 위대한 철학자, 사상가, 과학자, 역사가, 심리학자, 정치가, 자유사상가들의 것, 그리고 여러 출판물에서 나온 것들도 있다. 그들의 이름과 인용 전거도 군데군데 밝혀두고 있으나 그 이외에 인용 전거가 없는 명언들도 있다. 여기 수록된 대부분의 명언들은 본 집필자의 여타 저서에도 수록된 것들이다. 매 장의 첫 머리에는 그 장의 주제에 관한 집필자의 견해를 간략하게 밝혀 두고 있다.

본서 『행복을 여는 지혜』는 수시로 읽어볼 수 있도록 간편한 참고용으로 기획되었다. 틈이 날 때나 잠자리에 들기 전에 잠깐씩 읽어볼 수 있을 것이다. 본서를 통해 독자들은 인간의 여러 상황을 보다 명확하게 이해하고 정직한 성공, 부, 행복, 슬픔, 출생, 그리고 죽음 등과 같은 문제에 대해 분명하게 생각해 보기를 바란다. 본서

는 '양식'일 따름, 이 양식을 그릇에 담아줄 수는 없다. 독자들이 소화해 낼 수 있도록 조금씩 적당히 덜어 정신강화와 활력에 보탬이 되도록 해야 할 것이다.

불가해한 인생의 이해에 필요한 통찰은 갑자기 이루어지지 않는다. 지혜를 얻을 때까지 문제에 대해 몇 번이고 되새겨 이해하도록 끊임없이 노력하여야 한다. 육체를 유지하는 데 음식이 항상 필요하듯이 본서는 우리의 마음에 그와 같은 것이라 할 수 있다.

『행복을 여는 지혜』, 진심으로 그 맛을 즐기기를 바란다.

인간성

오래 전부터 인간은 자신을 우주의 중심에 있는 가장 중요한 존재로 생각해 왔다. 이 생각에 따르면 인간은 이 세계에서 가장 선택된 존재이며 이 세상에 있는 모든 것은 오직 인간의 즐거움을 위해 존재하는 것이기에 인간이 원하는 것은 모두 이 지상에서 얻을 수 있도록 되어 있다는 것이다.

소위 '인간 중심적'인 이러한 사고는 이 지구를 무차별 약탈하고 인간과 공존하고 있는 다른 생명체의 권리를 전적으로 무시하는 직접적인 원인이 되고 있다. 예를 들면 스포츠로 즐기기 위해, 또는 상업적 목적으로 저지르는 비정한 인간들의 무도한 살육으로 몇몇 동물들의 종이 절멸되는 비극적인 경우가 나타나고 있다. 과학과 기술에 의한 자연의 정복을 오늘날에도 칭찬하고 있다. '개발'이라는 이름으로 인간이 저지르는 행위가 광범위한 자연의 파괴라는 것을 이미 깨닫고 있는 사람들이 있는데, 이러한 사람들의 수가 점차 늘어나야 할 것이다. 지금까지 자연은 아주 관대하여 만족을 모르는 인간의 물욕과 감각적 쾌락의 충족을 위해 지구를 제

멋대로 짓밟고 약탈해도 된다는 생각을 계속하도록 내버려두고 있지만, 이제 이 편리한 시대는 바야흐로 끝나가고 있음을 알려주는 경고가 여기 저기 나타나고 있다. 다행하게도 불교적 자애와 정견(正見)으로서가 아니더라도 황폐해져 가는 환경과 이 지구에 공존하고 있는 고통 받는 다른 생명에 대해 적어도 지각 있는 배려를 하도록 인간의 자기보존과 자기만족을 위한 이기심과 욕구에 제동을 걸고 있다.

우주 속의 인간의 위치를 불교적 관점에서 이해하려면 먼저 불교의 우주관을 살펴보아야 한다. 불교는 이 우주를 무한한 공간으로 이해하고 무한 공간의 우주에는 생명이 존재하는 위성군과 물질요소로만 구성된 위성군, 그리고 공간 그 자체의 세 그룹으로 분류한다.

우리는 인간을 특별한 은총을 받은 피조물로서 즐거움을 누리기 위해 이 우주의 중심부에 특별히 만들어진 위성에 태어난 존재로 볼 수도 있을 것이다. 불교는 인간을 위력에서뿐만 아니라 수명에 있어서도 아주 하잘 것 없는 존재로 본다. 인간은 지적 능력을 제외하면 우주에 있는 다른 존재들보다 나을 것이 없다.

생물학적으로 보면 인간은 크든 작든 다른 존재들보다 더 약하다. 다른 동물들은 방어와 생존을 위해 어느 정도의 무기를 가지고 태어나지만 인간은 마음으로서 모든 것에 대처하지 무기로 대처하지 않는다. 인간의 존재는 다른 생명과 조화를 이루기 위한 것이지 그들을 파괴하기 위한 것이 아니기에 계몽된 생명존재로 볼 수 있다. 이런 목적으로 인간은 종교를 만들었다. 모든 살아 있는 것은 살아 있는 그 자체로 인간에게 활력을 준다. 이들은 동일한 우주 에너지의 한 부분으로서 이 부분 에너지는 윤회(輪廻 Saṃsāra)라는 끝없는 순환과정에서 출생에서 죽음으로, 다시 출생으로 이끌어가는 존재를 향한 강력한 갈망(생존본능)에 의해 인간에서 동물로, 천상의 존재로 왕래를 반복하면서 여러 가지 모습으로 나타난다. 인간을 윤회에 묶어두는 세 가지 족쇄가 있으니, 그것은 탐욕(貪)과 혐오(瞋) 그리고 무지(癡 또는 無明)이다. 이 순환과정은 세 가지 족쇄를 부수고 갈망(생존본능)에 종지부를 찍는 지혜(般若)의 계발을 통해서만 어김없이 중단시킬 수 있다. 이 지상에 살고 있는 공동운명체로서의 우리는 삶을 계속해 가기를 처절하게 바라고 있다.

　일체 사물은 상호 의존하여 존립한다. 누구든지 자신을 다른 존재와 다르게(뛰어나게) 볼 것이 아니다. 육신은 살기 위해 오로지 음식—식물, 물, 산소 등—에 의존하고 있다. 마음 역시 타(他)에 의존하여 존재하는데 그것은 생각이란 외적 대상과 다른 사람으로부터 받은 감각적 자료에 의존하기 때문이다. 이 우주는 거대한 그물로 보아야 한다. 그물의 한 매듭이 움직이면 그물 전체에 움직임이 미친다. 인간은 육체적 정신적 존립이 이 세상에 의존하고 있으므로 이 세상에 성실해야 할 의무가 있다.

■ 차례

01

마음의 본질

마음의 본질

현대과학은 2,500년 전 붓다가 깨달은 내용—마음은 독자적으로 존재하는 어떤 사물이나 실재가 아니라 조건 발생적인 것—을 발견하여 이를 확인하고 있다.

마음은 활력을 가진 인지력으로서 순간 순간 개별적으로 일어나는 것이며 자비와 연민 같은 적극적인 가치로 계발될 수 있다. 이러한 가치는 세상에 기여하도록 이용될 수 있다. 붓다의 마음처럼 완전히 계발된 강력한 마음은 주위를 정화시키기까지 한다. 그런 반면 탐욕과 증오, 시기와 악의 같은 부정적인 것으로 전락되어 남용되면 잠재적인 파괴 세력이 된다. 히틀러, 이디 아민, 폴 포트와 같은 마음은 인류에게 커다란 불행과 고통의 근원이 될 수 있다. 범위를 축소시켜 보더라도 몇몇 사람의 이와 같은 마음은 주위 사람들에게 고통을 안겨준다. 적절히 섭수되지 않고 제어되지 않은 마음은 위험한 세력이 된다. 현대과학은 우주의 작용에 관한 원리를 찾기 위해 심혈을 쏟고 있지만 이러한 발견이 제어되지 않은 마음을 가진 사람에게 이용된다면 커다란 재앙이 될 수 있다. 핵분열의 발견이 이 시대에 어떻게 가공할 파괴력을 가진 무기를 이끌어 내었는가를 한 번 생각해 보아야 한다. 인간의 마음은 모든 인류를 유익하게 하는 위업을 달성할 수 있는 반면 말할 수 없는 고통의 근원도 될 수 있다. 아인슈타인은 마음이 가진 엄청난 위력을 설명하면서 "과학은 원자를 분열시킬 수 있으나 마음을 조절하지 못한다"고 말했다. 그가 말하고자 한 것은 정신력은, 원자력보다 훨씬 강하다는 것을 의미하고 있다.

이 강력한 힘을 선용하고 조절할 수 있는 유일한 방법은 붓다와 같은 옛 성인이 오래 전에 계발한 마음 제어술의 이용이다. 불교는 마음의 작용과 기능, 계발방법을 분석해 두고 있다. 그리고 마음수행에 관한 적절한 지도를 받으면 마음이 살아있는 모든 것들에 대해 어떻게 유익하게 적용될 수 있는가를 가르치고 있다.

■ 마음의 본질

마음은 본래 찬란히 빛나는 것이건만 오관과 더럽혀진 정신작용
을 통해 들어온 외부 대상이 이를 오염시킨다.

— 증지부(增支部) 1~10[1]

■ 마음이 움직이는 속도

비구들이여! 마음처럼 빨리 움직이는 어떠한 현상도 나는 알지 못
한다. 마음이 얼마나 빨리 움직이는지 적절한 비유를 찾기가 쉽
지 않다.

— 붓다

■ 마음에 의해 움직이는 세상

인간이 자초한 재앙 외에 인간의 정신적 황폐로 인해 일어나는 또
다른 형태의 자연재앙도 있다. 불교에 의하면 인간의 부도덕한
생활과 탐욕, 증오, 잔혹, 시기, 조바심과 같은 오염된 정신은 자
연재앙의 원인이 된다. 반면에 광채를 발산하는 연민과 순결한
정신은 자애와 동정의 마음으로 발전한다.
우주 에너지의 자연법칙은 고루 작용한다. 마음을 제어함으로써
세상을 바꿀 수 있다.

---

1) 근본불교의 경전은 장부(長部 Dīgha-nikāya), 중부(中部 Majjhima-nikāya), 상응부(相應
部 Saṁyutta-nikāya), 증지부(增支部 Aṅguttara-nikāya), 소부(小部 Khuddaka-nikāya)의
5부 경전으로 되어 있다.

■ **마음은 이성으로**

먼 길을 갈 때 눈 밝은 사람은 위험한 곳을 피하려고 하듯이 현명한 사람은 세상을 살아가면서 악행을 피한다.

— 붓다

■ **시련을 통해 강해지는 마음**

노동이 육체를 강하게 하듯이 고난은 마음을 강하게 한다.

■ **마음과 인생사 제 문제**

운명으로 치부하는 인간의 어떠한 문제도 인간의 힘이 미치지 않는 것이 없다.

— 존 F 케네디

■ **마음을 통해 나타나는 세상**

세상은 마음에 의해 이끌리고 마음에 의해 움직인다. 선과 악은 마음 때문에 이 세상에 나타난다.

— 상응부(相應部) 1~39

■ **진실한 언사**

마음은 온갖 정신상태의 선두주자이며 주인이다. 여러 가지 정신상태는 마음이 만들어 낸 것이다. 더럽혀진 마음으로 말하고 행동하면 소달구지가 소의 발자국을 따르듯 고통이 그를 따른다.

■ 괴로움이 일지 않는 고요한 마음

마음이 산과 같은 자는 누구인가? 그의 마음은 흔들리지 않는 다. 이끌리는 대상에 집착하지 않고, 분노의 대상에 상처 받지 않는다.

이처럼 마음이 단련된 그에게 어떻게 괴로움이 있을 것인가?

드높은 마음을 향해 정진해야 하나니, 지혜로 단련된 성자, 마음 이 고요하고 언제나 마음을 챙기는, 흔들림이 없는 그에게 괴로 움은 없느니라.

— 붓다

■ 생각은 운명의 설계자

생각은 보이지 않는 운명 설계자이다. 마음은 큰 바다와 같고 생 각은 파도와 같다.

■ 활짝 열린 마음

마음챙김²을 함으로써 활달한 사람이 된다. 활달한 사람은 열린 마음으로 말한다. 마음은 낙하산처럼 활짝 펴졌을 때 더욱 활력 이 생긴다. 이것을 알면, 충돌과 투쟁의 생각, 선량한 생각이 일 어나는 방문을 여는 열쇠를 가진 것이 된다.

---

2) 마음챙김은 붓다의 위대한 가르침인 팔정도(八正道) 중의 하나인 정념(正念)을 일컫는 다. 정념의 대상은 몸에 대한 것(身隨觀), 느낌에 대한 것(受隨觀), 마음에 대한 것(心隨 觀), 법에 대한 것(法隨觀), 네 가지(四念處)가 있다.

■ 올바른 정신자세

소리에 놀라지 않는 사자와 같아라. 그물에 걸리지 않는 바람과 같아라. 진흙에서 자라도 더럽혀지지 않는 연꽃 같아라. 무소의 뿔처럼 외롭게 살아가라.

— 상응부 71

■ 큰 해악을 가져오는 사악한 마음

적이 가해오는 어떠한 행위도, 미워하는 자가 가해오는 어떠한 행위도, 사악한 마음이 가하는 해악보다 더 큰 것은 없다.

— 붓다

■ 적절히 조련시켜야 할 마음

마음을 적절히 조련시키면 인생의 목적을 알게 되지만 그렇지 않으면 인생은 위기에 처하게 된다.

물리적 힘이 작용하는 '정글의 법칙'을 따를 것이 아니라 이성을 가진 인간의 마음이 작용하는 '정글의 법칙'을 따라야 한다.

■ 흔들림과 이끌림의 법칙

마음이 두려움이나 경외심으로 차 있으면 이것을 가장 편리하고 알맞은 물질적인 형태─제단이나 의례, 의식─로 즉시 치장하려 는 생각을 가진다.

— 앤드류 카네기

■ 마음 챙김의 이익

비구들이여, 나는 단언하나니 어느 곳에 있건 모든 일 중에서 마음챙김이 가장 기본이 되는 것이니 그것은 카레의 소금과 같은 것이다.

마음챙김은 진실로 커다란 이익을 가져다준다.

— 붓다 증지부 1~3

■ 환경에 순응시켜야 할 마음

마음을 환경에 순응시킬 줄 모르는 자, 그는 관 속의 시체와 같다.

■ 당신의 적은 바로 당신 자신

외부의 그 어떤 적도 자신의 마음속에 도사린 갈애, 증오, 시기와 같은 마음가짐보다 자신을 해치는 것은 없다.

■ 외부로부터 얻을 수 없는 고요한 마음

적정(寂靜)을 내부에서 찾을 수 없다면 외부에서 찾는 것은 소용없는 일이다.

— 라 로치푸코

■ 남의 고통보다 자기의 고통에 더 관심을 가지는 인간

손가락 끝의 조그마한 상처가 우리 주위의 수많은 생명의 파괴보다 우리에게 더 큰 관심과 불편을 가져다준다.

■ 정신과 육체를 건강하게 하는 적정(寂靜)

고요하고 평화로운 마음은 정신과 육체 양자의 건강에 도움이 된다.

■ 괴로움을 낳는 갈애(渴愛)

갈애로부터 슬픔이 오고, 갈애로부터 두려움이 온다. 갈애로부터 해방된 자에게는 슬픔이 없고 두려움은 줄어든다.

— 붓다. 장부(長部)

■ 희망은 원동력

세상을 살기 좋게 만드는 것에 희망처럼 필수불가결하고 강력한 힘은 없다. 희망이 없으면 인간은 반은 죽은 목숨이다. 희망이 있기에 꿈을 가지고 생각하며 일을 한다.

— 찰스 소이어

■ 괴로움이 없는 단련된 마음

나의 마음은 바위처럼 확고부동하여 감각적 대상에 이끌리지 않으며 소용돌이 치는 세상 가운데에서도 흔들리지 않네.
이처럼 단련된 나의 마음에 어찌 괴로움이 있을 것인가?

— 장노게[3] 1~192

---

3) 장노게(長老偈): 장노니게(長老尼偈)와 함께 소부경전에 들어 있다.

■ 황금광산과 쓰레기통
마음은 황금광산이며 쓰레기통이기도 하다.

■ 아직도 변하지 않은 정신자세
소달구지로부터 제트 여객기까지 물질적으로는 발전을 이루어 왔지만 정신적으로는 전혀 변하지 않고 있다.

■ 수행되지 않은 마음
성기게 엮은 지붕에 비가 새듯 수행되지 않은 마음에 탐욕이 스며 든다.

■ 인간 로봇
인간의 감수(感受)는 마음에서 쉽게 사라졌다가 이내 나타나기에 인간의 행동은 로봇의 행동과 크게 다르지 않을 것이다. 훗날 로 봇이 인간을 대신하여 인간처럼 행동할 것이다.

■ 원자력도 못 바꾸는 인간의 마음
원자력은 온 세계를 뒤흔들고 바꾸어 놓았지만 그 강력한 힘도 인 간의 마음은 바꾸지 못한다. 인간의 마음은 태초 이래 뒤틀리고 믿을 수 없는 위험한 것이 되어 왔으며 아직도 그러하다. 그러나 인간이 종교의 근본 가르침을 따른다면 종교는 인간의 마음을 선 량한 방향으로 바꿀 수 있다.

■ 극락과 지옥의 중간에 있는 인간

인간의 마음은 극락의 지복(至福)을 쉽게 맞을 수 있도록 계발할 수 있으며 지옥의 괴로움도 쉽게 겪을 수 있을 정도로 황폐해질 수 있기에 인생은 극락과 지옥의 한 중간에 있다.

■ 자기 자신조차 포기하고 사는 자

다소라도 남을 위해 살지 않는 자, 그는 자신을 포기하고 사는 자와 마찬가지이다.

■ 지금은 정신의 시대

인간은 석기시대, 청동기시대, 철기시대, 종교적 공포시대, 과학적 탐구시대를 거쳐 산업시대를 살아왔다. 이제 인간은 정신의 시대에 접어들고 있다.

■ 마음과 우산

마음은 우산과 같다. 활짝 열렸을 때 가장 쓸모가 있다.

— 월터 그로핀스

■ 파멸의 운명을 맞게 될 자기 자신을 믿지 않는 자

온갖 신을 믿으면서도 자기 자신을 믿지 않은 사람이 있는데 그는 파멸할 운명을 맞게 된다.

— 스와미 뷔베카난다

■ 두뇌에 영향을 주는 생각

하나 하나의 생각과 느낌은 두뇌에 일련의 화학적 작용을 일으켜 수십억 개의 두뇌 세포가 서로 영향을 주고받는다.

― 폴 피어사

■ 교활한 인간의 마음

어느 사원에 두 사람의 승려가 살고 있었다. 한 승려가 갑자기 농담을 시작했다. 이 승려가 무언가 잘못되었다고 판단한 다른 승려가 그를 병원에 데리고 가서 의사에게 말했다. '의사 선생님, 이 사람이 무언가 잘못되었다고 생각됩니다. 그를 치료해 주십시오.' 이에 환자로 취급받은 이 승려는 '의사 선생님, 사실은 제가 이 사람을 치료받게 하려고 이 병원으로 데리고 왔습니다. 보십시오. 이 사람은 저를 치료받아야 할 사람으로 이야기 하고 있지 않습니까?'

혼란에 빠진 의사는 정작 누구를 치료해야할지 알 수 없었다. 이것은 인간의 마음이 어떻게 뒤틀리게 작용할 수 있는가를 보여주고 있다.

■ 자유로운 마음의 본질

돌담장도 쇠창살도 감옥이 될 수 없나니 자유롭고 고요한 마음은 이것을 수행처로 삼는다.

― 리차드 라브리스

■ 지녀야 할 건강한 정신

건강도, 명예도, 부와 권력도 마음에 즐거움을 가져다 줄 수 없다. 건강을 잃었을 때는 모든 즐거움을 버린 건강한 정신으로 깨어 있어라.

■ 인간의 광기

세속사에 얽혀 사는 인간들에게는 광기의 증후를 볼 수 있다.

■ 마음의 기본법칙

보면 느끼고, 느끼면 생각한다. 생각을 하면 의도가 일어나고 의도가 일어나면 행동을 한다.

■ 마음의 주인과 머슴

현명한 자는 마음의 주인이며 어리석은 자는 마음의 머슴이다.

— 파브리우스 사이러스

■ 언제나 조용한 교양인의 태도

조용한 것은 유약한 것이 아니다. 교양인은 언제나 조용한 태도를 보인다. 일이 잘되어 갈 때 조용하기는 어렵지 않다. 그러나 일이 잘못되어 갈때 의연하기는 참으로 쉽지 않다. 강건한 품성은 수련을 통해 이루어지는 것이기에 이러한 품성을 가지기란 어려운 것이다.

■ 제어되지 않은 마음

이성으로 적절하게 제어되지 않은 마음으로 행동하게 되면 나중에 자신의 마음을 제어할 수 없게 된다.

■ 하나의 마음과 많은 손

성공한 팀에게 수많은 손이 있지만 마음은 하나이다.

— 빌 베텔

■ 선과 악

선한 것이나 악한 것은 없고, 다만 생각이 그것을 만들어낼 뿐이다.

— 셰익스피어

■ 마음을 부드럽게 하는 칭찬

칭찬은 마음을 즐겁게 하는 것이어서 거의 모든 행동의 동기가 된다.

— D. 사뮤엘 죤슨

■ 무명(無明, 妄想)에의 이끌림

우리를 방해하고 생과 사의 끝없는 헤매임으로 이끄는 유일한 장애는 오로지 우리의 무명이다.

— 붓다

■ 명상

명상은 마음을 평온(平穩)하게 하는 방법이 아니라 마음속에 이미 자리 잡고 있는 평온으로 들어가는 방법이다. 일반인들에게 이 평온은 매일 일어나는 50,000가지 생각에 묻혀 있다.

■ 걱정거리를 스스로 만들어 내는 인간

이 세상 걱정거리의 대부분은 인간이 스스로 만들어 낸 것이다.

— 잭 콘필드

■ 사람과 짐승의 차이

사람이 짐승이 된다거나 짐승이 사람이 된다고 말하기보다 사람의 모습으로 나타나는 업력(業力)이 짐승의 모습으로 나타나기도 한다고 말하는 편이 더 적절할 것이다.

이렇게 말하는 것은 사람의 마음속에는 짐승의 본성이 도사리고 있을 수도 있고 짐승의 마음속에도 사람다운 품성이 있을 수 있기 때문이다.

■ 풍요로운 마음

인간의 마음은 아무것도 만들어 낼 수 없다. 경험과 사색을 통해 풍요로워져야 무엇을 만들어 낼 수 있다. 마음이 얻은 것은 마음이 만들어 낸 것의 소중한 알맹이다.

— 버폰

■ 마음과 육체

사람은 마음을 가진 육체가 아니라 육체를 가진 마음이다.

■ 육체에 앞서는 마음

마음은 육체를 지배하지만 육체는 마음을 지배하지 않는다. 마음은 육체를 둔하게 만들고 또 죽이기도 한다.

— 붓다, 장부

■ 훌륭한 무기

일을 도모하고 참아내는 데 두 가지 무기가 필요하다. 순수한 심성과 도전 의지.

■ 바른 마음

마음이 평형을 유지하고 있으면 계율에 걸릴 것이 무엇이 있으랴. 마음이 깨끗하면 명상이 무슨 소용 있으랴.

— 육조 혜능(慧能)대사

■ 좋아함과 싫어함

사람들은 사물을 있는 그대로 보지 못하기 때문에 좋아함과 싫어함의 노예가 된다. 좋아함과 싫어함은 마음이 만들어 낸 양 극단이다. 평형은 그 중간에 있다.

— '깨달음을 위한 교훈'에서

■ 악은 마음이 만들어 낸 것

악은 마음에서 나와 다시 마음으로 향하고, 마음을 빼앗아버린다. 악은 무쇠를 천천히 갉아먹는 녹과 같다.

■ 진리의 난해성

진리는 단순하나 마음은 복잡하다.

■ 망상속의 꿈

사람들은 밤낮으로 꿈을 꾸며 꿈을 따라 살아가기에, 인생은 복잡하고 어려워진다.

마음챙김, 마음챙김으로 알아차린 알아차림은 자기 존재의 근원을 밝힌다.

존재의 근원은 꿈을 꿰뚫어 본다. 망상의 잠에서 깨어나 세속사 존재들의 본질을 안다. 이제 그는 마음의 장난에서 벗어나 이를 초월한다.

마침내 인생의 괴로움에서 벗어나 해탈을 얻는다.

— '깨달음을 위한 교훈'에서

■ 마음의 변화

서두르는 마음은 병든 마음이며, 완만한 마음은 신중하다. 움직이지 않는 마음은 천상의 마음이다.

31

■ 실망

기대에는 실망이 따른다.

02

지식과 지혜의 차이

지식과 지혜의 차이

지식은 '진실한 믿음을 정당화한 것'이며 인식론으로 알려진 철학의 한 연구 분야로서 연구되고 있다. 지식탐구는 그 범위를 모른다. 지식은 무엇이 존재하는가 라든가 사상(事象)의 일련의 과정에 대한 확실한 감지와는 분명히 다르기 때문에 지식의 탐구에는 끝이 없다. 특정 주제에 관한 철학적 토론의 대부분은 진리의 본질에 대해 중심을 두고 있으며 지식이라고 주장할 수 있는 적절한 증명으로 설명하는 데 모여져 있다. 불교에 의하면 지식의 근원이 되는 것은 세 가지가 있다. 추론, 인지, 그리고 경험이다.

사물의 작용방식에 관한 지식은 지혜의 성취와는 전혀 다르다. 지혜는 통찰 또는 내관(內觀)으로 사물이 왜 작용하며 그에 따라 어떻게 작용하는가를 살핀다. 그러므로 지혜는 지식을 뛰어 넘는다. 지식은 '어떻게?'라는 질문에 대한 해답이며 지혜는 '왜?'라는 질문의 해답에 대한 탐색이다. 지식은 기능, 결과, 그리고 목적에 관한 질문에 해답을 줄 수 있다. 지혜는 이에 대해 해답을 주지 않고 왜 이러한 질문이 제기되는가를 알아차린다. 질문의 본질을 알아차리면 통찰로서 문제를 해결하기 때문에 더 이상 탐구를 하지 않고(문제의 해답에 관한) 충돌을 해결하여 탐구를 끝낸다. 그러므로 지식은 외부를 탐색하고 지혜는 질문에 대한 통찰로 끝을 맺는다.

붓다는 감각적 즐거움이 없이도 인생을 살아갈 수 있는가, 영생에 대한 믿음 없이도 인간은 도덕성을 가질 수 있으며, 신에 대한 숭배 없이도 인간은 정의롭게 살아갈 수 있는가에 대해 질문을 받은 적이 있었다. 붓다는 이런 자질구레한 것은 지식으로 얻을 수 있다고 확고부동하게 대답했다. 오직 지식만이 차원 높은 길로 가는 관건이며, 인생에서 추구할 만한 가치가 있으며, 인생에서 평온과 평화를 가져다주며, 소용돌이치는 현상 세계에 태연자약하게 한다고 대답했다.

■ 교육

모든 사람은 두 가지 교육을 받는다. 하나는 남에게 받는 교육이고 나머지 하나는, 이것이 더 중요한 것인데, 스스로 배우는 교육이다.

— 기본

■ 상상과 이상

마음속에 아름다운 상상과 높은 이상을 가지고 이를 추구하는 사람은 언젠가는 이를 실현시킨다. 콜럼버스는 신천지를 상상해 왔고 그것을 발견했다. 코페르니쿠스는 광대한 우주와 지구와 같은 많은 별을 상상하고 이를 세상에 증명해 보였다. 붓다는 순결무구한 아름다움과 완전한 평화의 정신세계를 그려왔으며 마침내 그 세계에 들어갔다.

— 데일 카네기

■ 교육은 교정

교육은 좋은 성격을 갈고 닦으며 나쁜 성격은 교정한다.

■ 배움

사람은 단순히 사회의 한 구성원으로만 태어난 것이 아니다.
아리스토텔레스는 '사람은 또한 배우고 교류하고 지식을 쌓도록 태어났다' 고 말했다.

■ 사라지지 않는 지혜

지식은 얻지만 지혜는 사라지지 않는다.

— 테니슨 경(卿)

■ 진정한 교육

교육한다(educate)는 말의 어원은 '끌어낸다(educe)', '안에 있는 것을 전개한다'에서 온 것이다.

교육을 가장 잘 받은 사람은 마음을 고도로 계발한 사람이다.

— 나폴레온 힐

■ 교육의 필요성

사람은 본래 이기적이고 사악하여 교육이 필요하며 선량하도록 닦아져야 한다. 교육을 해도 성인의 덕목을 찾지 않고 기인의 행동을 찾는 사람이 있다.

— 순자(荀子)

■ 현대 정보화 사회

현대인들은 무진장한 정보를 얻을 수 있는 이 시대에 태어난 것이 다행스럽다. 그러나 이러한 정보가 마음 계발에 이용되지 않고 인성과 환경을 파괴한다면 인간의 존엄에 대한 중대한 모독이 된다. 모든 정보매체는 인간 생활과 문화에 반드시 도움이 되도록 동원되어야 한다.

■ 단계적 축적

항아리의 물이 한 방울 한 방울 빗물로 채워지듯 지식과 재물도
이처럼 쌓아야 한다.

— 히토파데사

■ 두려움과 근심을 몰아내는 앎

지식으로 무지가 사라질 때 두려움과 근심은 사라진다.

■ 인간의 이성, 우주의 이성

인간의 육체가 우주에서 생성된 물질로 이루어진 것처럼 인간의
이성도 우주의 보편적 이성의 한 부분임에 틀림없다.

— 소크라테스

■ 진정한 어리석음

자기가 어리석은 자임을 모르는 자가 진정 어리석은 자다.
자기가 어리석은 자임을 아는 자는 그만큼 현명한 자다.

— 붓다, 장부

■ 양순한 바보

상식은 없으나 자애와 정직, 인내와 같은 좋은 자질을 가진 사람
은 교활한 사람이 그러한 자질을 이용하는 좋은 토양이 된다. 사
람들은 그를 양순한 바보라고 한다.

■ 외눈박이

외눈박이가 영화를 보기 위해 영화관에 가서 표를 사려고 했다. 그는 반액을 내밀었다. 매표인이 '왜 반액입니까?' 하고 묻자 그는 '다른 사람들은 두 눈으로 영화를 보지만 나는 한 눈으로 보지 않소!' 하고 대답했다.

■ 해치려 드는 자에게 이해심으로

무지와 오해로 다른 사람이 당신을 해치려 들 때가 당신의 지혜와 교육, 이해심을 보여줄 가장 좋은 기회이다.

■ 믿는 자와 생각하는 자

믿는 자는 생각하지 않고 생각하는 자는 믿지 않는다.

— 지그문트 프로이트

■ 악행을 하는 자는 무지한 자

대부분의 사람들은 천성이 사악해서가 아니라 무지해서 악행을 한다. 이런 사람들에게는 처벌보다 교화가 필요하다.

■ 이류 인간

스스로 생각하지 않고 언제나 남의 생각을 빌리는 자는 이류 인간이다.

— 크리슈나무르티

■ 은거와 지혜
은거는 지혜의 보모이다.

■ 적대자에게도 배울 것이 있는 법
칭찬하고 도움을 주는 친한 사람에게서만 배울 것이 있다고 생각
하지 말라. 적대자에게서도 배울 것이 많이 있다. 적대자라는 이
유만으로 그가 전적으로 그릇된 사람이라고 생각할 것이 아니다.
그에게도 어떤 좋은 자질이 있다.

■ 변하지 않는 자
아주 현명한 자와 진정한 바보는 변하지 않는다.(唯上知如下愚
不異)

— 공자(孔子)

■ 무지한 지식
감각적 자료를 기초로 한 피상적인 모든 지식이 진정 무지이다.
이 모든 지식을 버리고 감각적 자료에 의하지 않는 사고를 할 때
에야 참된 지식을 얻는다.

— 프랑스의 어느 학자

■ 과오를 드러내 주는 적대자
적대자를 미워 말라. 그는 당신의 과오를 드러내준다.

■ 경험만이 아닌 생각에서 오는 깨달음

물고기 떼가 아주 좁은 입구가 있는 장해물을 만나게 되었다. 어부가 쳐놓은 덫이었다. 어떤 놈은 무엇인가 싶어 안으로 들어가려 했지만 경험이 많은 물고기들은 위험한 덫일지 모르니 들어가지 말라고 했다.

젊은 물고기가 "그것이 위험한지 안한지 어떻게 알아요, 들어가보아야 그것이 무엇인지 알 수 있지 않아요." 라고 말했다. 이 말을 듣고 들어간 물고기들은 덫에 갇히고 말았다.

■ 선입견은 무지에서

선입견은 무지의 자식이다.

■ 경험은 실수의 다른 이름

사람들은 실수를 경험이라 부른다.

■ 새로운 문제와 이전 문제

현재의 문제를 해결하려고 하는 동안 언제나 새로운 문제가 일어나기 마련이다. 새로운 문제가 하찮은 것이면 최선을 다해 참아내며 고통을 줄일 수 있는 길을 찾는다. 때로는 '주고받기식' 도 문제 해결에 도움을 준다. 문제들은 파도와 같아서 모든 문제를 해결하기란 불가능하다. 하나의 파도가 가라앉으면 다음 파도가 또 밀려온다.

■ 학식과 사고(思考)의 조화

사고 없는 학식은 아무것도 없음이오, 학식 없는 사고는 위험
하다.

■ 인간의 어리석음

불나비는 불에 타 죽는 줄 모르고 불에 날아든다.

작은 물고기는 위험을 모르고 낚시에 입질한다.

그리고 인간은 세속에서 얻는 즐거움의 위험을 알면서도 한사코
그에 엉겨 붙는다. 얼마나 어리석은 세속의 인간들인가!

■ 두 종류의 어리석음

지성을 지나치게 활용하는 사람을 어리석은 지성인이라 하고, 분
별없이 온정을 베푸는 사람을 어리석은 온정인이라 한다.

붓다 역시 두 종류의 어리석음이 있다고 했다. 쓸데없이 책임을
지는 사람과 져야 할 책임을 지지 않는 사람이다.

■ 자신을 아는 방법

사십에 의심이 없어지고(四十而不惑)

오십에 천명을 알고(五十而知命)

육십에 귀가 부드러워지고(六十而耳順)

칠십에 마음 따라 해도 걸림이 없다(七十而從心所欲).

— 공자(孔子)

■ 나약함에 대한 처방

문제에 대해 근심하지 말고 잘못된 곳을 찾아내도록 하라. 나약함에 대한 처방은 근심에 빠져 골똘히 생각하는 것이 아니라 적극적으로 떨쳐 일어나 생각하는 것이다.

— 스와미 비베카난다

■ 정상을 향한 야심

연자방아를 돌리는 소나 쳇바퀴를 돌리는 다람쥐처럼 끊임없이 애를 태우며 있는 힘을 다해 오르고 또 오르지만 결코 정상에 도달하지 못한다.

— 버어튼

■ 앎과 도덕성

불교에서는 앎(正見)이 없이는 진정한 도덕성(持戒)이 없고 도덕성 없이는 진정한 앎이 없다. 양자는 불꽃의 열과 빛처럼 밀접하게 연관되어 있다.[4]

보리(菩提 또는 正覺)는 깨달음과 자비로 구성되어 있다. 탁월한 도덕성에 관한 의식이 보리의 핵심을 이룬다.

---

4) 여기서 앎이란 앞서 언급한 팔정도(八正道)의 정견(正見)을 의미하고 도덕성이란 계(戒) 지킴을 의미한다. 계는 정어(正語), 정업(正業), 정명(正命)으로 이루어져 있다. 팔정도는 계(戒), 정(定), 혜(慧)의 삼학(三學)으로 구분되는데 정(定)은 정정진(正精進), 정념(正念), 정정(正定)으로 되어 있고 혜(慧)는 정견(正見)과 정사유(正思惟)로 되어 있다. 불교인이라 함은 이 삼학을 알고 실천해 가는 사람을 의미한다.

■ 찾기 힘든 고귀한 현자

큰 지혜를 가진 사람은 찾기가 어렵다. 이런 사람은 어느 곳에나 태어나는 것이 아니다. 그가 태어나는 곳, 그곳에 행복은 번성한다.

■ 자아 발견을 위한 노력

자아를 아는 것이 지혜의 시작이다. 아무것에도 의지하지 않고 자아를 찾아라.

■ 두려움은 어리석은 자의 것

두려움은 어리석은 자에게 일어나고 현명한 자에게는 일어나지 않는다. 어리석음을 알아 지혜를 얻는다.

— 붓다

■ 교육이란 수행을 위한 배움

교육이란 모르는 것을 가르치는 것이 아니다. 행하지 않는 것을 행하도록 가르치는 것이다.

■ 지식을 얻는 곳

학생이 얻는 지식의 1/4은 선생님에게서 얻고, 다음 1/4은 정보에서 얻고, 그 다음 1/4은 다른 학생에게서 얻으며, 나머지는 그의 경험을 통해 얻는다.

■ 지혜로운 자의 침묵

말 없는 사람이 반드시 지혜로운 사람은 아니지만 지혜로운 사람은 보통 말이 없다.

■ 배움의 보상

배움으로써 겸손해지고, 겸손은 귀를 부드럽게 하며, 귀가 부드러우면 얻는 것이 많아 불법(佛法 Dhamma)으로, 기쁨으로 인도된다.

■ 철학과 불교

철학은 주로 지식을 다루며 실천과는 관련이 없는 반면, 불교는 실천(수행)과 이해를 기초로 한 성취를 특별히 강조한다. 그러므로 철학의 관심은 아는 것이고, 불교는 실천이다.

■ 모든 것을 알게 하는 자아발견

모든 것을 알려고 하면 아무것도 알지 못한다.
자신을 알면 모든 것을 안다.

— 스즈끼 슌류

■ 생각하는 사람

생각하는 사람은 오랜 세월에 걸쳐 발전을 거듭한다. 그러므로 그는 긴 세월을 산다.

— 나폴레온 힐

■ 지식은 지혜가 차이

지혜는 지식이 아니다. 지식은 이 세상의 많은 것에 대해 듣고, 읽고, 관찰해서 얻지만 진정한 의미에서 그것은 지혜가 아니다. 지혜는 마음속에 정신적 장애[5]인 정신적 불순물(번뇌)이 작용하지 않을 때 나타난다.

세상에는 틀림없이 놀랄만한 많은 지식을 가진 유식한 사람들이 있으나 불행하게도 그들은 그에 걸 맞는 지혜를 가지지 못하고 있다. 그들은 지적이나 행동은 의심스럽다. 성미가 급하고 이기적이며 감정적이고 시기심이 있으며 탐욕스럽고 변덕스러운 경우가 있다.

그런 반면 친절하고 인내심이 있으며 관용과 그 외에 여러 훌륭한 자질을 가진 사람들이 있지만 그들은 지혜를 갖지 못하여 남에게 쉽게 속는다. 적절한 지식 없이 관용만 기른다면 남에게 이용당한다. 지식과 훌륭한 자질은 겸비되어야 한다.

■ 열망은 배움의 관건

학생에게 배우려는 열망을 불어넣지 않고 가르치려는 교사는 얼음덩어리를 망치로 치는 것과 같다.

― 호레이스 만

---

5) 불교는 정신적 장애를 탐(貪 탐욕), 진(瞋 분노), 치(癡 무지), 만(慢 자만), 의(疑 불법에 대한 의심), 유신견(有身見 자아에 대한 그릇된 견해), 해태와 혼침(懈怠, 昏沈), 도거와 회한(悼擧, 悔恨), 무참(無慚 뉘우침 없음), 무괴(無愧 부끄러움 없음)를 들고 있으며 이를 번뇌라고도 한다.

■ **세 종류의 지식**

지식에는 배움에서 얻는 지식, 명상으로 얻는 지식, 사고로 얻는 지식의 세 가지가 있다.

계(戒: 도덕성), 정(定: 선정), 혜(慧: 지혜), 이 세 가지 수행이 지복(至福)으로 인도하는 최고의 지혜이다.

■ **인격은 생각의 산물**

사람은 자기 생각의 산물에 불과하다. 생각하는 대로 인격이 형성된다.

— 마하트마 간디

■ **바라지 말아야 할 기적**

한정된 목표를 주목표로 하되 그 대상을 얻으려고 기적을 바라지 말고, 자신을 이끌어 줄 무한한 지성의 힘에 의지하고, 자연스럽게 자연의 법칙에 의존하여 이루도록 하라.

어떤 대상을 얻으려는 자신의 한정된 목표를 위해 무한한 지능을 기대하지 말고 그 대상으로 당신을 이끌어 줄 무한한 지성에 기대하라.

— 나폴레온 힐

■ **나이와 지혜**

나이가 들어간다고 반드시 지혜가 늘어나는 것은 아니다.

■ 버려야 할 집착

오!비구들이여,

이처럼 고결하고 분명한 (부처님의 가르침인) 이 견해도,

이에 이끌리고, 이를 보물처럼 소중히 여겨 집착하면 안 되느니,

부처님의 가르침도 강을 건너는 뗏목과 같아,

이에 집착하지 말아야 할 것임을 알아야 하느니라.[6]

— 붓다, 중부(中部) 1: 260. 밀린다 왕문경(王問經) 316

■ 지혜로운 자의 본질

그는 이해력과 큰 지혜를 가져 자기나 남을 해치지 않으며 양자 모두를 해치지 않는다. 오히려 자신과 남의 복을 생각하고 양자 모두의 복과 온 세상의 복을 생각한다.

■ 부드러움은 강함

물은 유연하고 부드러우며 앞을 다투지 않는다. 그러나 단단하고 양보하지 않는 바위를 마모시킨다.

일반적으로 유연하고 부드러우며 앞을 다투지 않는 것은 단단하고 굳은 것을 이긴다. 이것은 부드러움이 강함을 이기는 또 하나의 역설이다.

— 노자(老子)

---

6) 金剛經 第 6. 正信希有分에 같은 내용이 있다. 汝等比丘 知我說法 如筏喩者 法尚應捨 何況非法.

■ 진정한 진리를 이해하는 어려움

위대한 진리는 때로는 너무 단순해서 깊은 이해를 심어주지 못해 오랜 세월이 흘러야 이해하게 된다.

— 스페인 격언

■ 인내

인내는 지혜의 동반자이다.

— 성(聖) 오거스틴

■ 강인해 지는 법

강인성은 오랜 고뇌를 거친 깊은 침묵 속에서 자란다. 기쁨 속에서는 자라지 않는다.

— 헬만 부인

■ 가장 강한 것을 이기는 것

이 세상에서 가장 부드러운 것이 이 세상에서 가장 강한 것을 이긴다.

■ 지혜의 단서

친절은 지혜보다 더 중요한데 이것을 아는 것이 지혜의 시작이다.

— 테오도르 이삭 루빈

■ 진정한 만족

해뜨면 일하고, 해지면 쉰다. 우물 파서 물마시고 땅 갈아 곡식을 얻는다. 황제의 권력이 무엇이 부러우랴.

— 중국 속담

■ 지식의 바탕

지식의 바탕은 우연히 생기지 않는다. 지식에 대한 갈증을 푸는 방법을 찾는 교육자는 무지의 바탕을 통해 그것을 찾아낸다.
앎을 의미하는 지식은 남에게 열심히 봉사하지 않으면 별 소용이 없다.

■ 인간의 내면

우리의 앞이나 뒤의 문제는 우리의 내면의 문제에 비하면 사소한 것이다.

— 올리버 웬델 홋지스

■ 여성의 마음을 얻는 사려 깊은 자

미남은 여성의 호기심을 끌고, 지적인 남성은 여성의 관심을 끌고, 유머가 있는 남성은 여성의 흥미를 끌고, 세심한 남성은 여성의 자존심을 이끌어내고, 관대한 남성은 여성의 즐거움을 이끌어내며, 정직한 남성은 여성의 놀라움을 끌어내나, 사려 깊은 남성은 여성의 마음을 얻는다.

■ 교육방법

학교와 대학에서 배운 것은 교육이 아니라 장래의 공부를 위한 수
단이다.

— R. W. 에머슨

■ 지혜로워지는 방법

약샤(Yaksha)가 물었다. "사람은 어느 분야의 학문을 배워야 지혜
로워집니까?"

유디쉬드라(Yudhishthra)는 대답했다. "어느 책 속의 어느 것을 읽
어도 지혜롭게 되지 않습니다. 오직 위대한 지혜와 접함으로써
지혜롭게 됩니다."

— 마하바라타

■ 마음의 문을 여는 좋은 태도

교육으로는 배울 수 없는 예절바른 태도가 사람들의 마음의 문을
연다.

— 크레렌스 토마스

■ 자신을 모르는 자, 아무것도 모르는 자

많은 것을 알고 있으면서 자신을 알지 못하는 자는 아무것도 알지
못하고 있는 자다.

— 예수 그리스도

■ 배움과 생각

생각 없는 배움은 헛수고요 배움 없는 생각은 위험하다.

— 공자(孔子)

■ 아는 것이 적은 사람

아는 것이 적은 사람이 위험하다면 위험하지 않을 만큼 많은 지식을 가진 사람이 있을까?

— 토마스 헉슬리

■ 충고 주기와 받기

남에게 충고는 양동이로 주고, 받기는 낱알로 받는다.

— W. R. 엘가

■ 무지를 조장하는 지식

세상사에 대해 많이 알면 알수록 한정된 사고방식과 제한된 감관으로 이루어진 관념과 환상만 더 키울 따름이다. 이것은 지혜를 얻지 않고 무지를 키우는 일이다. 많이 안다고 자랑하는 사람은 이기심과 회의적인 견해만 키울 따름이어서 더욱 혼란스럽고 마음의 평화와 신념이 흔들린다.

그들이 지니고 있는 지식과 태도는 조화와 친목을 이끌어내는 대신 오해와 반목을 종종 가져온다.

— 프랑스의 어느 학자

■ 공부와 관찰

지식을 얻으려면 공부를 해야 하지만 지혜를 얻으려면 관찰해야
한다.

— 마리린 사반트

■ 값진 짧은 인생

단 하루를 살아도 지혜롭고 총명하며 명상으로 사는 것이, 우둔
하고 산만하게 백년을 사는 것보다 더 훌륭하다.

— 붓다, 장부

■ 교육의 열매

교육의 뿌리는 쓰나 그 열매는 달콤하다.

— 아리스토텔레스

■ 대상을 비춰주는 거울

거울은 모든 대상을 있는 그대로 보여준다.

— 공자

■ 진실한 친구를 얻는 정직

자신이 정직하지 않으면 남을 믿을 수 없다. 거짓말을 하고 언제
나 남을 속이려 든다면 결국 남도 거짓말쟁이이며 사기꾼이라는
생각이 들게 된다. 이런 사람은 진실한 친구를 얻을 수 없다.

■ 할일 없는 회의

회의는 혼자서는 아무것도 하지 못하는 중요한 인사들의 모임으로, 달성할 것이라고는 아무것도 없는 것을 결정한다.

■ 자기 일에나 신경 쓸 것

한 번은 나무꾼들이 쓰러진 통나무를 자르고 있었다. 나무 한 가운데를 세로로 베어내려가기 시작했다. 베기 쉽게 하려고 베어가면서 베어낸 부분 사이에 쐐기를 박았다. 정오가 되자 쐐기를 박아둔 채 그들은 쉬기로 했다. 이때 원숭이 한 마리가 다가왔다. 원숭이는 쐐기가 무엇인지 알아보려고 꼬리와 중요한 부분을 나무가 갈라진 틈새에 가로질러 걸쳐놓은 채 주저앉아 쐐기를 흔들어대기 시작했다. 사납게 흔들어대자 쐐기를 뽑아내는 데 성공했으나 나무 양쪽 틈이 서로 마주 닫자 꼬리와 중요 부분이 으깨어져 죽고 말았다.

■ 어리석은 마음

현자의 마음 한 구석에도 어리석은 부분이 있다.

— 아리스토텔레스

■ 고난에서 얻는 교훈

배움은 인생 경험에서 얻어야 한다. 인생의 쓰라린 경험에서 배우지 못하면 무지의 사막에서 굳어버리고 무능하게 된다.

■ 두려움은 이해의 부족

무릇 모든 두려움은 제대로 알지 못하는 데서 온다. 모래 속에 머리를 처박는 타조처럼 두려운 대상에 대한 생각을 떨쳐버리려는 것은 시선을 피함으로써 요괴의 공포를 찬양하는 것과 같다. 어떤 두려움이든 이에 대처하는 적절한 방법은 두려운 대상에 완전히 친숙하게 되기까지 이성으로 조용히 생각하고 이에 대해 깊이 생각해 보는 것이다.

친숙하게 되면 결국 두려움이 무디어져서 지겹게 되고 이전처럼 애써 피하려 하지 않아도 두려운 대상에 흥미를 잃어 저절로 생각을 피하게 된다. 무언가로 인해 깊은 수심에 잠겨 있을 때 이에 대한 최선의 방법은 음험한 환상이 사라질 때까지 보통 이상으로 이에 대해 깊이 생각하는 것이다.

— 버트란드 러셀

■ 중용(中庸)

모든 것에 중용이 있으며 중용에도 중용이 있다.

— 잭 콘필드

■ 사고(思考)

사고한다는 것은 어려운 일인데 이것은 아마도 대부분의 사람들이 사고를 피하는 이유이다.

— 헨리 포드

■ 아는 것

모든 것을 아는 자 아무도 없고, 전혀 모르는 자도 없다. 모두가 무엇인가를 안다.

■ 실패는 스승

실패는 치명적인 것이 아니다. 실패를 스승으로 삼고 장의사로 삼지 말라. 실패는 우리에게 더 높은 성취를 위해 도전해 오는 것이지 절망의 깊은 수렁으로 끌어내리는 것이 아니다. 정직한 실패에서 값진 경험을 얻는다.

— 윌프레드 H. 페터슨

■ 상식

비범한 정도의 상식을 세상은 지혜라 부른다.

— 사뮤엘 코울리지

■ 경비를 들이지 않고 달에 도착하는 방법

미국인이 달에 착륙했을 때 중국의 모택동은 다음과 같이 말했다.

"우리는 경비를 전혀 들이지 않고 달에 도착할 수 있습니다." "어떻게 말입니까?" 하고 사람들이 묻자, "우리는 인구가 많아 사람들이 차례로 딛고 올라서면 달에 도달할 수 있습니다"라고 대답했다.

■ 질문자의 마음을 뚫어본 대답

기차를 한 번도 본적이 없는 사람이 어느 날 역을 방문했다. 기차가 천천히 움직이는 것을 본 그는 물었다. "말이 끌지도 않는데 저게 어떻게 움직여? 말은 어디 있지?" 그의 지능 정도를 아는 친구가 대답했다. "말은 저기 차 안에 있어." "별 것 아니군, 저 기차가 어떻게 달리는지 알겠구면."

■ 남의 시기심에서 얻는 이득

누가 당신을 시기하고 있으면 비록 불쾌한 방법이기는 하지만 그것은 당신을 칭찬하고 있는 것이다. "저것 봐, 저 사람은 내가 못한 일을 해 내었어, 나는 저런 생각을 도저히 하지 못했는데"라고 말하는 것과 같다.

■ 장님의 장님 인도

장님이 장님을 인도할 수 있을까? 두 사람 모두 구덩이에 빠지지 않을까?
배우는 자는 가르치는 자보다 못하다. 배우는 자는 가르치는 자만큼 되면 된다.

— 예수 그리스도

03
붓다는 누구인가

붓다는 누구인가

불성(佛性)이 존경받는 것은 붓다가 선택받은 인물이라든가 초자연적 인물이라는 것 때문만은 아니다. 사람은 누구나 부처가 될 수 있다. 세계 어느 종교의 창시자도 그의 제자들에게 자기와 같은 지위—불성의 경지—에 도달할 기회와 잠재력을 가지고 있다고 말한 사람은 아무도 없다.

불성을 얻는다는 것은, 그러나 이 세상에서 인간이 추구할 수 있는 가장 어려운 일이다. 끈기 있게 노력해야 하며 세속적 즐거움을 버려야 한다. 깨달음을 얻으려면 사악한 생각을 버리고 청정한 마음을 가지도록 계발시켜야 한다. 부처가 되기 위해서는 수많은 생사를 반복하여야 하며 이 과정에서 자기 정화를 통해 자신을 계발시켜야 한다. 이러한 자아 수련의 고귀한 자질을 얻기 위해서는 기나긴 세월에 걸친 노력이 필요하다. 불성을 이룸으로써 극치에 이르게 되는 이 자아 수련의 과정에는 극기와 절제, 초인적인 노력과 확고한 결의, 그리고 이 세상에서 고통 받고 있는 모든 살아있는 것들을 위해 어떠한 고통도 감수하겠다는 의지가 포함된다.

이것은 붓다가 단순히 기도나 경배, 또는 초자연적 위력 앞에 공양물을 바쳐 최고의 깨달음을 얻은 것이 아니라는 것을 명백하게 보여주고 있다. 그는 심성을 정화시킴으로써 불성을 얻었으며 외부의 초자연적 힘의 도움을 받지 않고 자신의 통찰을 발전시켜 깨달음을 얻었던 것이다. 그러므로 확고한 결의, 모든 장애와 유약함, 이기적 욕망을 극복하려는 용기를 가진 자만이 불성을 얻을 수 있다.

붓다는 일반인들처럼 자연적인 출생과 정상적인 생활을 했지만 깨달음에 관한한 그는 비범한 인물이다. 붓다의 최상의 지혜를 제대로 이해하지 못하는 사람들은 그의 생애와 그가 이룬 기적들만 들여다보고 그의 위대성을 설명하려 하지만 우리는 그의 무상의 정각만으로도 그의 위대성을 이해하기에 충분하며 그가 이룬 여러 가지 기적을 소개하면서까지 그의 위대성을 나타내보일 필요가 없다. 대개 초능력이란 이것이 어떻게 일어나는 것인가를 알고 있는 사람에게는 자연스러운 것이다.

■ 부처를 보는 방법

붓다의 제자 중의 한 사람인 박칼리라는 제자는 매일 붓다를 자세히 살펴보는 버릇이 있었다.

이것을 본 붓다는 "여기서 무엇을 하고 있는가?" 하고 물었다.

"스승님, 저는 스승님의 평화스러운 표정과 우아한 상호를 보면서 무한한 성취감을 느낍니다." 라고 박칼리는 대답했다.

이에 붓다는 물었다. "그대는 추하고 더러우며 냄새나는 이 무상한 나의 육신을 찬탄하여 무엇을 얻으리라 기대하는가? 나의 가르침인 법을 보는 자, 부처를 보느니라."

이것은 진정한 부처를 보는 방법을 이해하는 데 도움이 될 것이다. 진실로 진정한 부처를 보기를 바란다면 붓다의 가르침인 담마(Dhamma 佛法)를 이해하여 부처를 보아야 한다.

■ 한편의 시와 같은 붓다의 생애

붓다의 전 생애에 관한 이야기는 아름다운 한편의 시이다. 너무나 황홀하고 매력적이며 예술적이어서 나는 이처럼 아름다운 시를 읽어본 적이 없다. 붓다의 출현은 인류 역사가 얻어낸 최고의 명예이다.

— 라빈드라나드 타골

---

7) 金剛經 第 26 法身非相分에 같은 내용이 있다. 若以色見我 以音聲求我 是人行邪道 不能見如來(육신으로 나를 찾거나, 음성으로 나를 찾는 자, 잘못된 길을 가고 있나니, 여래를 보지 못하느니라.)

■ 누더기를 걸친 왕자

가장 고귀한 인간을 보기 바란다면 누더기를 걸친 왕자를 보라. 인간 중에 가장 거룩한 이, 바로 부처님이시다.

— 압둘 아타히야

■ 영원한 가치와 뛰어난 윤리

붓다는 인도인만이 아닌, 전 인류에게 진리의 영원한 가치를 보여주었고 윤리규범을 제시했다. 붓다는 이 세상에 기여한 가장 뛰어난 윤리규범자의 한 분이다.

— 알버트 슈바이처

■ 스승이 없는 붓다

나는 모든 것을 이겨내었노라. 모든 갈망을 완전히 버리고, 모든 것을 끊고, 모든 것을 버렸도다.
나 스스로 모든 것을 깨달아 알았으니 누가 나의 스승이라 할 것인가?

■ 붓다의 고귀한 사례

붓다가 보여준 강철 같은 의지, 심오한 지혜, 보편적 사랑, 끝없는 연민, 무아적인 봉사, 역사적인 출가, 완벽한 청정과 같은 고귀한 사례는 우리에게 감화의 원천이 되고 있으며 매력적인 품성은 사람들로 하여금 그를 무상의 스승으로 존경하게 했다.

■ 무오류의 스승

붓다는 이룰 수 있는 모든 덕성의 완성체이다. 그의 도덕성(계율)은 이 세상에서 알려진 가장 완벽한 것이다. 무상정각을 얻은 스승으로서 성공적이고 다사한 45년 동안 그는 불법의 요체를 풀어 가르치고 인간적인 어느 경우에도 인간적인 결함이나 감정을 나타내지 않았다.

— 막스 뮬러 교수

■ 인간의 존엄성 고양

붓다의 가르침은 인간의 존엄성, 인간의 자기운명 창조자, 인간은 종교를 위해서가 아니라 종교가 인간을 위한 것임을 역설한 세계 역사상 가장 강력한 사자후이다.

이것은 인간은 종교의 노예가 아니라 종교를 통해 자기 향상과 해탈을 이루어야함을 의미한다.

■ 모든 사람을 즐겁게 한 설법

부처님의 가르침으로 일반인은 신심을 키우고, 교육받은 사람은 마음의 양식을 얻으며, 지성인은 통찰력을 깊게 한다.

그릇된 견해를 가진 사람은 이를 바로 잡으며, 맹목적 신앙을 가진 사람은 참된 진리의 모습을 보게 된다. 회의론자는 설복을 받아 이성의 소리에 깨어나게 된다. 경건한 신자는 신심을 얻고 불법을 이해하게 되어 괴로움(苦)의 사슬에서 해방된다.

■ 인류의 꽃, 붓다

그는 무수한 세월에 걸쳐 한 번 피는, 인류라는 나무에 핀 꽃이다. 그 꽃이 피면 이 세계는 지혜의 향기와 자비라는 꿀로 채워진다.

— 에드윈 아놀드

■ 신화가 아닌 실제 인물인 붓다

우리는 한갓 신화가 아닌, 단출하고 헌신적이며, 고독하고, 광명을 위해 분투하는 생생한 한 인간을 본다. 그는 그의 인격으로 온 인류 모두에게 가르침을 베풀었다. 현대의 뛰어난 사상들은 모두 그의 가르침과 밀접한 조화를 이루고 있다.

— H. G. 웰스

■ 이성, 덕성, 원칙과 경험을 강조한 붓다

붓다에게는 당시 흥성하던 종교와 미신, 의례와 의식, 그리고 종교집단의 지도자가 지닌 결함을 지적하는 용기가 있었다. 그는 형이상학과 종교가 설명하는 세계관, 나타내 보이는 기적과 초능력, 계시 등에 대해 관심을 두지 않았다. 그는 이성과 논리, 경험에 호소했다. 도덕률을 강조했으며 그가 취한 방법은 영혼을 매개시키지 않은 심리분석학적 방법이었다. 그가 취한 인간과 세계에 대한 접근방법은 형이상학적 공론의 매캐한 공기가 지나가고 난 뒤 산 정상에서 불어오는 신선한 미풍이다.

— 판디트 네루

■ 이 세상의 참 모습을 알고 있는 이(世間解)[8]

이 세계 종교 지도자 가운데 나는 단 한 분, 붓다만을 존경한다. 붓다는 이 세계의 기원에 대해 언급한 적이 없는데 이것이 내가 존경하는 주된 이유이다. 붓다는 이 세계의 본질에 대해 알고 있는 유일한 스승이다.

다른 종교 지도자들은 이 세계의 본질에 대해 정당화할 수 없는 단순한 논리에 입각하여 주장하고 있지만 그는 이 세계의 기원에 대해 언급하는 우를 범하지 않았다. 이것은 그가 발견한 물질세계를 일반인들은 이해할 능력과 수행이 되지 않았다는 것을 잘 알고 있었기 때문이다.

— 버트란드 러셀

■ 인류를 위한 메시지

붓다의 가르침은 어떤 교리와 도그마보다 더 위대하다. 그의 영원한 메시지는 수세기에 걸쳐 인류의 가슴을 고동치게 했다. 괴로움과 혼란으로 가득 찬 오늘날, 평화를 위한 그의 메시지는 과거 어느 때보다 더 절실하다.

— 판디트 네루

---

8) 붓다가 갖춘 덕에 따라 10가지 칭호가 있다. ①이렇게 오신 이(如來). ②공양을 받을 만한 이(應供). ③올바르고 원만하게 깨달은 신 이(正遍知). ④지혜와 덕행을 갖춘 이(明行足). ⑤올바르게 가신 이(善逝). ⑥세상을 알고 계시는 이(世間解). ⑦가장 높은 자리에 오르신 이(無上士). ⑧사람들을 길들이시는 이(調御丈夫). ⑨천인과 인간의 스승(天人師). ⑩세상에 존경을 받는 깨달르신 이(佛世尊).

■ 붓다의 선언

나는 알아야 할 것을 모두 알았으며,

닦아야 할 것을 모두 닦았으며,

쳐 부셔야 할 것을 모두 쳐 부셨으니,

브라만이여! 나는 부처이노라.

■ 무상의 경지에 도달한 분

역사상 모든 인간 중에 최상의 경지에 도달한 분을 들어 보라. 역사상 모든 인류가 단 한 분―부처님, 가장 미천한 미물에게조차 대자대비의 깊은 자애를 역설한 분―만을 배출해내었다.

— 스와미 뷔베카난다

■ 그대는 누구신가요?

어느 날 한 브라만이 우연히 붓다를 만났다. 그는 붓다가 도저히 인간이라는 생각이 들지 않아 물었다. "그대는 신인가요?"

붓다가 대답했다. "아니요."

그러자 그는 "초인인가요?" 하고 물었다.

붓다는 "아니요, 나는 아주 자연적인 인간이오." 하고 말했다.

마침내 그는 "그저 평범한 사람입니까?" 하고 다시 묻자,

붓다는 "아니오." 하고 대답했다.

혼란에 빠진 브라만은 "그러면 그대는 누구신가요?" 묻자,

붓다는 대답했다. "나는 깨달은 사람, 부처라오."

■ 구원자인 붓다

붓다는 타종교에서 쓰는 구원자라는 의미에서는 구원자가 아니지만 불교인들은 붓다가 사람들에게 스스로 구원받는 길을 가르쳤으므로 그를 구원자라 부른다.

■ 붓다에 진 영원한 빚

붓다의 가장 핵심적인 가르침은 힌두교의 중요한 부분을 이루고 있다는 것이 깊이 생각한 나의 의견이다. 오늘날의 인도 힌두교는 그의 옛 근원으로 거슬러 간다는 것은 불가능하며 고오타마가 힌두교에 미친 커다란 개혁의 뒤를 따라 가고 있다.
한없는 희생과 위대한 출가, 더러움이라고는 없는 청정한 그의 생애는 힌두인들에게 지울 수 없는 인상을 남겼으며 힌두교는 이 위대한 스승에게 영원한 감사의 빚을 지고 있다.

— 마하트마 간디

■ 붓다에게 가까이 있는 자

나와 같이 머물며 나의 손을 잡고 옷깃을 잡아 나를 따르며 나와 가까이 있다고 생각하는 제자가 있다. 또 나에게 멀리 떨어져 있어 나를 보지 못하는 제자도 있다. 그러나 멀리 떨어져 있어도 마음이 청정하면 그는 진정 나에게 가까이 있다. 나와 함께 있어도 마음이 청정하지 못하면 그는 실제로 나와 함께 있지 않다.

— 붓다

■ 과학의 막다른 길은 불교

붓다는 지혜의 지주(支柱)이며 불교는 과학이 끝나는 곳에서 시작된다. 불교는 우리가 생각해낼 수 있는 인류에 대한 인류의 완전한 승리이다.

불교적 사고방식은 미래를 향한 것이다.

— 줄리어스 헉슬리

■ 천상의 음성 아닌 인간의 음성

붓다는 세계 사상사에 속하며 모든 문화인이 남긴 일반적인 상속에 속한다. 지성의 완성, 도덕적 성실성, 영적 통찰 등으로 판단하건데 그는 인류 역사가 낳은 최고의 위인임을 의심할 여지가 없기 때문이다.

그의 음성은 인간에게 정신적 순화와 깨달음으로 궁극적 해탈을 얻도록 가르치고 있으므로 이것은 천상에서 오는 신의 음성이 아니라 인간의 음성이다. 이 음성은 오늘날까지도 우리의 귀에 메아리쳐 우리가 의지를 가지고 전념한다면 그가 나타내 보인 진리를 이해할 수 있음을 일깨워주고 있다.

그의 음성은 희망과 신뢰, 용기의 메시지이다. 증오는 증오로 사라지지 않고 자애에 의해서만 사라진다고 가르치고 있다. 이 생동하는 음성은 한 때 전사, 왕자, 요가 수행자, 명상가였다가 마침내 부처가 된 이 위대한 인격자에게서 발산된 것이다.

— 막스 뮐러 교수

■ 만인을 위한 붓다

▶ 위대한 철학자와 굴곡 되지 않은 사상가에게는 균형 잡힌 조망을 위해 알아야 할 세속적 조건들을 알고 있는 스승.

▶ 도덕 이상주의자에게는 최고의 도덕률(계율)을 제시하고 도덕률의 완성자임을 상징.

▶ 합리주의자에게는 그들을 괴로움에 빠뜨리게 하는 인간의 제 문제를 이해하고 있는 가장 자유로운 마음을 가진 종교 스승.

▶ 자유사상가에게는 종교의 도그마에 얽매이지 않고 자유롭게 사고를 하도록 용기를 불어 넣어준 종교 스승.

▶ 불가지론자에게는 고도의 지성과 친절, 이해심을 가진 평화 애호가.

▶ 힌두인에게는 그들이 신봉하는 신의 화신.

▶ 사회주의자에게는 사회개혁가.

▶ 신앙 귀의자에게는 성자.

■ 괴로움을 보는 실제적 방법

붓다가 인생의 괴로움의 문제에 접근하는 방법은 기본적으로 경험적이고 실험적이지, 사변적이고 형이상학적이지 않다.

■ 지상에 내려온 신

붓다는 이 지상에 내려온 유일한 신이다.

— 스와미 뷔베카난다

■ 이 세계의 정복자

붓다는 이 세계에서 가장 위대한 정복자이다. 그는 자비와 지혜라는 무오류의 무기로 이 세계를 정복했다. 그의 가르침은 인류를 탐욕(貪), 증오(瞋), 무지(癡)로 가득 찬 이 암흑의 세계에서 자애, 행복, 안정이라는 광명의 신천지로 인도하는 길을 밝게 비추고 있다.

— 말라라세카라 박사

■ 가난과 괴로움에 시달리는 사람들을 어루만지는 붓다의 음성

붓다의 음성은 희망을 잃고 가난과 괴로움에 시달리는 사람들을 어루만졌다. 망상에 빠진 자들을 깨어나게 했고, 죄를 지어 타락한 사람들을 깨끗하게 만들었다. 용기를 잃은 자들에게 용기를 주고, 갈라선 자들을 합치게 했으며 무지한 자들을 계몽시키고 빈부귀천 모두를 고귀하게 만들었다.

— 막스 뮐러 교수

■ 불상의 교훈

불상을 보면 다정하고 분별력 있는 영원한 젊은이가 가부좌를 하고 연꽃 위에 앉아 "괴로움과 두려움에서 벗어나기를 바라면 자애를 실천하고 지혜를 계발하라"는 설법을 하기 위해 손짓하는 것처럼 보인다.

— 아나톨 프랑스

■ 인간의 품격을 끌어 올린 붓다

그는 한 인간으로서 불성을 이루었으며 인간의 잠재적 능력과 창조적인 힘을 세상에 주창했다. 초자연적 존재를 인간 위에 군림시키지 않고 인간의 아래에 두어 인간의 가치를 드높였다.

■ 신에 대한 붓다의 견해

한 제자가 그에게 신의 존재를 증명할 증거가 있는지 묻자 그는 이를 반증할 증거는 있는가 하고 물었다.

■ 자력 구제를 설파한 붓다

이 세상 스승들 가운데 오직 붓다만이 인간을 자아류의 편협한 견해의 굴레에서 벗어나게 했을 뿐 아니라 보이지 않는 신이나 전지전능하다는 창조주의 속박에서 벗어나게 하여 자기 자신에게 의지하도록 가르친 유일한 스승이다.

— 스와미 뷔베카난다

■ 겸손한 붓다의 태도

왕과 대신, 억만장자들이 그에게 경배하고 가르침을 얻기 위해 그를 찾아왔으나 그는 오히려 청소부, 신기료 장수, 도둑, 강도, 살인자, 매춘부들, 그외에 힘든 생활과 사악하고 부도덕한 생활을 하는 사람들을 찾아 그들의 생활 방식을 고쳐주고 고귀한 인생을 살도록 깨우쳐 주기 위해 끈기 있게 설득했다.

■ 온화한 불상의 자태

두 눈은 반쯤 감겨져 있으나 정신의 힘이 뿜어 나오고 있으며 생동하는 에너지가 그 속에 담겨져 있다.

세월은 흘러도 붓다는 언제나 우리 가까이에 있고 그의 음성은 우리의 귀에 속삭이며 인생의 투쟁에서 도피하지 말고 눈을 반쯤 감고 이를 직시하여 인생에는 자기 성장과 발전을 위한 기회가 있음을 보라고 말하고 있다.

— 판디트 네루

■ 붓다의 침묵

붓다는 형이상학적 질문을 받을 때 종종 침묵을 지켰는데 이것은 대답이 없어서가 아니라 이에 대한 장황한 설명은 질문자를 혼란에 빠뜨리기만 할 따름이었기 때문이었다.

당시 난해한 문제를 들고 일삼는 사람들은 지혜나 정신적 발전을 얻기에는 너무나 천박한 문제를 제기하고 있었다.

■ 우리가 붓다를 찾는 이유

인간은 신이나 신의 중재자에게 의지하지 않고 자력으로 구제를 받을 수 있다고 붓다는 가르치고 있다.

불교도들이 붓다에 귀의 하는 것은 직접 붓다를 통해 구제를 받으려고 하는 것이 아니라 그의 가르침을 받고 자력 구제에 대한 확신을 얻기 위해서이다.

■ 어떻게 구제받을 것인가?

남에게 의지하며 구제를 구하지 말라. 자력구제에 대한 확신을
키워라.

— 붓다, 중부

■ 불교 귀의자가 얻는 선한 과보

붓다가 이 세상에 있든, 무여 열반에 들었든, 불법을 베푼 붓다가
언제나 그러하듯 붓다에게서 얻는 열매 또한 그러하다. 붓다에게
서 얻는 기쁨으로 천상으로 가기 때문이다.

■ 구원은 타인에게서 오는 것이 아니다

모든 살아있는 것들을 구원하는 것은 붓다가 아니다. 그 스스로
는 자력 구제를 하여 이를 사람들에게 가르친 것이다. 사람들이
이 진리의 설법을 받아들이는 것은 설법이 붓다의 것이라는 것 때
문이 아니라 그 설법에 감화를 받아 그들 개개인의 확신이 영적인
광채로 발산하였기 때문이다.

— 올덴베르그 박사

■ 악행을 하는 자에 대한 붓다의 태도

나에게 악행을 많이 하면 할수록 나에게서 선의 광명이 더 발산될
것이다.

— 붓다

■ 붓다의 새벽일과

연꽃이 아침 햇살을 받으려 그의 심장부를 드러내듯,

나의 가슴은 고통으로 울부짖는 사람들의 귀가 되리라.

내가 고통 받는 사람들의 눈물을 훔치기 전까지

작열하는 태양이여, 단 한 방울의 고통의 눈물도 마르게 하지 말

아다오.

그들 뜨거운 눈물이 나의 가슴에 떨어져 남아도

눈물을 흘리게 한 고통이 사라질 때까지,

나는 그 눈물을 닦아내지 않으리라.

— 라민드라나드 타골

04
불교는 담마(法, 真理 Dhamma)의 산물

불교는 담마의 산물

담마는 진리를 의미한다. 실제 있는 그대로가 진리이다. 또한 법(法)을 의미하기도 하는데 이 법이란 인간의 심성에 자리 잡고 있는, 붓다가 사람들에게 고귀하고 순결하며 존경받을 만한 사람이 되도록 가르친 바른 길의 법칙이다. 이 바른 길의 법칙인 담마는 인간의 심성에만 있는 것이 아니라 우주에도 존재한다. 담마의 어원적 의미는 '지니고 유지한다' 는 뜻이므로 담마는 우주가 작용하는 모든 원리이다.

우주 전체는 담마 그 자체이며 담마가 나타난 모습이다. 현대과학이 발견한 자연법칙은 담마를 들어내보인 것인데 그것은 담마란 사물이 생성되는 우주속의 법칙이 물리학, 화학, 동물학, 식물학, 천체과학이 발견한 대로 작용하기 때문이다.

불교는 깨달음의 철학이다. 과학이나 종교로서의 불교는 철학이나 형이상학적 제 과제와 결부되어 있다는 점에서 그 중요성이 독특하다. 그러므로 불교를 가장 뛰어난 인도의 철학체계로 보기도 한다. 윤리, 과학, 철학이 하나의 체계 안에 교묘하게 융화되어 방법론과는 절연되어 있으며 인생의 참모습을 드러내려는 시도이다.

불법(佛法)이나 불교는 겉모습(形相)이 없다. 현실불교의 구체적인 겉모습은 불교철학의 논리나 합리적인 기초에서 나온 것이 아니다. 불법은 사람들로 하여금 고귀한 인생행로를 걷게 하여 최종적인 해탈로 이끄는 길을 닦아준다.

불교는 생활방법이라고 규정할 수 있는데 이것을 열반(涅槃 Nibbāna)이라는 목표로 이끄는 고귀한 여덟 가지 길(八正道)이라고 한다. 이 목표는 더러움에 물들여져 있지 않으며 우리의 마음이 느낄 수 있는 궁극적 평화와 청정, 그리고 최상의 행복이기에 최상선(最上善)의 상태이다. 이것은 아무리 빌고 기도해도 타에 의해 주어지는 것이 아니고 스스로의 노력에 의해 얻어지는 것이다. 불교는 이 세상 모든 것은 타에 의존해 일어난다는 연기법(緣起法)의 원리를 가르치고 있다. 최초의 사건, 최초의 원인이란 없다.

■ 담마의 다양한 의미

자연―가르침―교리―지혜―지성

정의(正義)―정도(正道)―진리―규범―일상적인 것

본래의 상태―공덕―덕성이나 선행 또는 좋은 태도―집중

무아―위반(죄악)―계율―법

■ 담마는 최고의 것

누구도 담마 위에 있을 수 없다. 붓다도 담마를 어떻게 할 수 없다. 담마는 조건지어지지 않은 보편적 자연법이다.

■ 담마는 질병을 치료하는 경이의 약초

붓다는 모든 사람에게 차별 없이 해탈의 문을 열었다. 카스트, 계급, 인종, 성별, 신봉하는 신앙은 그에게 별로 관계없다. 덕성, 극기, 마음계발을 위해 열심히 노력하면 모두가 담마에서 이익을 얻는다. 담마는 신분증, 사회, 문화 정치적 소속에 관계없이 모든 사람의 질병을 치료하는 경이의 약초이다.

— 막스 뮐러 교수

■ 윤회와 고(苦)

이 세상은 쇠락, 슬픔, 탄식, 고통, 실망과 죽음이라는 여러 가지 괴로움으로 가득 찬 것은 분명하다. 붓다는 태어남은 괴로움을 낳는다고 했다. 출생이 없으면 고(苦)의 여지가 전혀 없다.

■ 담마는 모든 사람에게 다 필요한 것이 아님

—담마는 바라는 것이 많은 사람을 위한 것이 아니라 바라는 것이
  적은 사람을 위한 것.

—담마는 만족을 모르는 사람을 위한 것이 아니라 만족을 아는 사
  람을 위한 것.

—담마는 분주한 사회생활을 하는 사람을 위한 것이 아니라 은거
  생활을 하는 사람을 위한 것.

—담마는 게으른 사람을 위한 것이 아니라 부지런한 사람을 위
  한 것.

—담마는 마음을 챙기지 않는 사람을 위한 것이 아니라 마음 챙김
  을 하는 사람을 위한 것.

—담마는 마음이 들뜬 사람을 위한 것이 아니라 마음이 안정된 사
  람을 위한 것.

—담마는 우둔한 사람을 위한 것이 아니라 현명한 사람을 위
  한 것.

— 붓다

■ 존재의 세 가지 특성(三法印)

이 우주에 있는 모든 존재의 특성이 불교에 명확하게 설명되어 있
다. 일체 존재의 무상(無常)함, 불만족스러움(苦), 영원한 주체가
없음(無我)이다. 이것은 붓다의 가장 놀라운 발견이다. 무지와 갈
애 때문에 이 숭고한 가르침을 이해하는 사람은 드물다.

질문: 출생의 원인은 무엇인가?

대답: 마음(名)과 물질(色)의 결합으로 된 생성(有)의 심층의식(有分心)의 진행이 출생의 원인이다. 다시 말하면 생성이 있는 곳에 출생이 있다.

질문: 무엇이 마음과 물질(名色)을 결합시키는가?

대답: 취착(取)이 마음과 물질을 결합시킨다.

질문: 취착은 왜 일어나는가?

대답: 갈애(愛)가 취착을 일으킨다.

질문: 갈애는 왜 일어나는가?

대답: 감수(受)가 갈애를 일으킨다.

질문: 감수는 왜 일어나는가?

대답: 접촉(觸)―여섯 감각기관(眼, 耳, 鼻, 舌, 身, 意)과 그 대상의 접촉―으로 인해 감수가 일어난다.

질문: 접촉은 왜 일어나는가?

대답: 여섯 감각기관(六入)이 있어 접촉이 일어난다.

질문: 여섯 감각기관은 어떻게 일어나는가?

대답: 마음과 물질의 결합으로 여섯 감각기관이 생긴다.

질문: 마음과 물질은 왜 결합하는가?

대답: 비활성 심층의식(異熟心인 有分心)이 나타나므로 명색의 결합이 이루어진다.

질문: 심층의식은 어떻게 나타나는가?

대답: 무명(無明)으로 인한 잠재적 업력(業力)으로 인해 나타난다.

■ 인생과 우주의 법

행복과 대자유(해탈)를 위해 필요한 것은 단순히 종교적 신앙과
의례 또는 집단이 신봉하는 교조가 아니라 담마에 관한 지식이
라고 붓다는 가르치고 있다. 담마는 대우주의 자연과 원인과 결
과라는 인과율의 조화이다. 이 원리를 완전히 이해하지 못하면
인생은 불완전할 수밖에 없고 예측 불가능한 인생이 될 수밖에
없다.

■ 담마의 핵심

담마의 핵심은 바로 붓다의 가르침인 계(戒 Sila), 정(定 Samdhi), 혜
(慧 Panna)의 삼학이다. 즉 올바른 언어, 올바른 행위, 올바른 생계
로 이루진 계율 지키기와 올바른 노력, 올바른 마음 챙기기, 올바
른 정신집중으로 이루어진 마음 수련, 올바른 견해, 올바른 생각
으로 이루어진 지혜이다.

■ 지족(知足)

과거를 후회하지 않으며 아직 오지 않은 미래를 근심하지 않
는다.

이들 비구(比丘)는 가진 것으로 만족할 줄 알아 안색이 깨끗하다.

— 붓다. 상응부 71

■ 지혜(慧)와 계율(戒)은 분리할 수 없는 일체

혜는 계에 의해 순수해지며 계는 혜에 의해 순수해진다. 계를 지키는 사람은 혜를 가졌으며 혜를 갖춘 사람은 계를 지킨다. 계와 혜의 결합을 최상승(最上勝)이라 일컫는다.

■ 이 세계의 기원

이 세계는 시초가 있다고 상정할 이유가 전혀 없다. 어떤 사물이 시초가 있어야 한다는 생각은 상상력의 결여이다.
그러므로 나는 최초의 원인에 대해 토론할 시간을 더 이상 허비할 필요를 느끼지 않는다.

— 버트란드 러셀

■ 불교철학

이해력이 깊어지면 깊어질수록 심오한 지식의 심층을 꿰뚫는 불교철학이 유일한 가르침이 된다.

— 라다크리슈난 박사

■ 중도(中道)

인생을 살아가는 데 극도의 고행이나 극단의 쾌락을 피하고 중도를 취하라.
특히 종교적 수행을 하는 데 그러하다.

— 붓다. 상응부, 5~330

■ 누구나 이룰 수 있는 궁극적 목표, 열반

흔들리지 않는 인내로 나는 궁극적 목표와 정각을 얻었노라. 쉬지 않는 노력으로 나는 최고의 평화에 도달했노라.

누구나 쉬지 않고 노력한다면 어느 때인가 지복인 최고의 목표에 도달하리라.

— 붓다. 중부(中部)

■ 붓다의 메시지

그의 메시지는 근본적으로 단순하고 의미심장하다. 악을 버리고 선을 키워 더러운 마음(煩惱)을 제거하고 청정한 마음으로 돌아가라는 것이다.[9]

■ 숨겨진 것이 없는 불교

"오 비구들이여! 붓다가 가르친 불법과 계율은 밝은 빛으로 밝혀 놓은 것이니 이를 비밀로 간직하지 말라. 이것은 해와 달처럼 밝고 분명하다."

그러므로 붓다가 가르친 불법에는 '주먹 안에 감추어 둔 것'이 없다. 이것은 스승으로서 붓다는 그의 가르침에 비밀로 간직한 것이 없다는 것을 의미한다. 따라서 불교에는 비밀이나 신비가 없으므로 불교도들은 의심 없이 무조건 신봉하여야 한다.

---

9) 諸惡莫作 衆善奉行 自淨其意 是諸佛教.

■ 당당한 불교

긴 세월이 흘러 옛 모습을 잃고 인도인과 외국의 광신자들에 의해 파괴되었으나 불교는 여전히 분명하고도 당당하게 말하고 있다. 일천 곳 가량의 바위가 깎인 성역과 사찰, 파괴된 탑과 사찰 부속물, 수없이 파괴된 많은 불상과 조각, 회화, 불교 상징에 대한 기록이 남아 있으나 붓다 시대 이후 1,500년 동안 인도에서 불교는 신분 고하를 막론하고 널리 퍼져 있다.

— L. M. 죠쉬 박사

■ 불교의 탄생

불교는 다정다감한 고귀한 왕자가 괴로움에 시달리는 사람들에 대해 무한한 자비심을 느껴 오랜 세월에 걸쳐 고도의 집중적인 탐색으로 스스로 찾아낸 산물이다. 불교는 하늘이 내려준 계시가 아니라 정신요법으로 보는 것이 가장 적합하다.

■ 실물적 표상이 없어도 존속하는 불교

불교 성소와 상징물은 계속 파괴되어 왔다. 그러나 사람들이 붓다의 가르침을 따르는 한, 그의 가르침이나 불법은 사람들의 마음속에 살아 있다. 불상과 불탑, 사원과 불서가 파괴되어도 붓다의 가르침은 지속될 수 있다.

붓다의 가르침이 사람들의 마음속에 남아있는 한 불교의 실물적 모습은 언제든지 다시 재건시킬 수 있다.

■ 인도의 다양한 신앙에 의해 거부된 불교

인도에서 불교는 힌두교에 반항하는 어린이로 되어 있다.

— 스와미 뷔베카난다

■ 불교와 종교

불교는 '신앙과 기도의 체제'가 아니며 초월적 존재에 의지하는 것이 아니기에 일반적으로 이해하고 있는 종교라는 의미에서는 엄밀하게 말하면 종교가 아니다.

불교는 인간의 존엄성을 유지하고 인간의 지성에 신뢰를 두는 고귀한 생활 방법이다.

■ 불교와 세계 문명

H. G. 웰스와 같은 서구 역사가는 인류 역사에서 세계 문명과 진정한 문화 발전에 불교가 다른 어느 것보다 많은 영향을 주었으며 타종교의 많은 훌륭한 점들은 불교에서 이끌어냈음에도 불구하고 사고방식의 순수성과 교리의 고귀성에 있어서 불교에 비견할 바가 못 된다는 것을 인정했다.

■ 불교와 인본주의

불교는 평등, 도덕, 정의, 자유사상, 지혜와 평화를 우위에 두는 인본주의이다. 인본주의는 외형적인 것의 작용을 통해 달성할 수 없다.

■ 불교와 기적

불교인은 사악하고 사나운 사람을 유순한 사람으로, 인색한 사람을 후한 사람으로, 우둔한 사람을 영명한 사람으로, 범죄인을 성자로, 사기꾼을 정직한 사람으로, 게으른 사람을 부지런한 사람으로 바꾸는 것을 진정한 기적이라고 본다. 마법을 부리는 것은 기적이 아니다.

■ 불교와 계율

오직 계율을 통해 엄격한 수행과 정신발전이 이루어지므로 계 지킴(持戒)은 반드시 필요하다. 지계는 불교의 종교적, 사회적 철학의 핵심을 이룬다.

"지계는 불법의 핵심이다. 불법에 있어서 계율은 타인에 대한 자애의 직접적 필요성 때문에 나타나는 것이지 신의 재가를 필요로 하지 않는다. 계율은 신의 뜻을 따르기 하기 위한 것이 아니라, 자신의 선행을 위해, 타인의 안녕을 위해 필요한 것이다."라고 B. R. 암베드카 박사는 말하고 있다.

■ 불교의 목적

불교의 목적은 생사의 윤회 가운데 세속적 괴로움에 시달리는 사람들을 해방시키고 특정 신앙과 종교의 이름으로 행해지는 관행의 노예가 되지 않도록 인도하여 해탈을 성취하도록 안내하는 것이다.

■ 자신을 되돌아보게 하는 불교

자신의 본성을 알면 불교를 쉽게 이해할 수 있다. 불교를 찾아
온 세계를 헤매도 찾을 수 없다. 마음을 집중하여 자신을 살펴
본다면 불교를 찾을 수 있다. 이것이 붓다가 가르친 자성의 발
견이다.

■ 타 종교에 관대한 불교

나는 수세기에 걸친 긴 불교사에서 불교도들이 종교의 이름으로
극도의 억압을 받았거나 불교도들이 타 신앙인에 대해 박해를 했
다는 기록을 알지 못한다.

— 리 데이비드 교수[10]

■ 영원한 담마

오, 비구들이여! 정변지(正遍知)가 이 세상에 나타나든, 나타나지
않든 불변의 진리, 담마는 그대로 있느니라.

모든 조건지어진 것은 영원하지 않으며(無常), 괴로움(苦)이며, 자
아가 없는 것(無我)임을 정변지는 아느니라.

이에 정변지는 이 세 가지(三法印)를 세상에 알려 설법하고 설명하
느니라.

— 붓다. 증지부(增支部)

---

10) 빠알리 경전을 연구한 최초의 서구 학자로 불교에 귀의 했으며. P. T. S.(Pali Text
Society 빠알리 성전협회) 창설자로서 초대 회장을 역임.

■ 재난을 피하는 길

재난을 피하는 길이라면 붓다가 보여준 길이 우리가 따라야 할 유
일한 길이라는 것을 나는 믿는다. 재난을 피하기 위해 붓다의 길
을 따라야 하는 것은 우리의 특별한 행운이다.

— 판디크 네루

■ 승가(僧伽, 僧團)

승가는 구성원 모두가 그 내부에서는 출신성분의 고하를 묻지 않
는 모임으로 사실은 사회주의의 축소판이다.

붓다는 모든 강물이 바다로 흘러가면 강물이 본래의 이름을 잃
듯, 누구나 승가에 들어오면 (인도)사성계급의 사람들은 이름과
신분을 버리며 붓다의 아들 딸인 비구나 비구니로 불린다는 것을
상기하라고 말했다.

■ 망망대해를 건너는 고난

탐욕(耽), 혐오(瞋), 미망(癡)을 부숴 없애버린 자, 그는 상어와 악
마, 사나운 파도로 건너기 힘든 망망대해를 건넌 사람이다.

— 붓다. 여시어경(如是於經)[11]

---

11) 여시어경(如是於經) 5부 경전의 소부(小部)에 들어 있다. 소부 경전은 ①소송경(小誦經)
②법구경(法句經) ③자설경(自說經) ④여시 어경(如是於經) ⑤경집(經集) ⑥천궁사경(天
宮事經) ⑦아귀사경(餓鬼事經) ⑧장노게경(長老偈經) ⑨장노니게경 (長老尼偈經) ⑩비
유경(譬喩經) ⑪본생경(本生經) ⑫무애해도(無礙解道) ⑬불종성경(佛種姓經) ⑭소행장
경(所行 藏經) ⑮의석(義釋)으로 되어 있다.

■ 불교 수행의 세 가지 목적

—현생에서 평화와 행복을 얻고,

—만족하고 행복한 내생을 기약하고,

—인생의 궁극적 목표, 영원한 행복과 최상의 축복을 달성하는 일이다.

■ 진정한 마음의 평화

불교는 평화의 길, 무덤 속의 평화가 아닌, 깊은 이해와 현실생활에 대한 응분의 감사에서 오는 현실적 행복의 길을 제시한다.

마음의 평화는 모든 악을 정복하고 인간이 갖는 정신적, 물질적 충동이 진정한 조화를 이룰 때만 영원할 수 있다.

■ 종교적 노예상태를 없애는 불교

불교는 인간이 가진 무지의 장막을 걷어내어 내면 깊숙이 잠복한 환상과 종교적 노예상태의 위험에서 해방시켜 인간으로 하여금 자신의 주인이 되게 한다.

인간은 마음의 성격을 알면 악으로부터 자유로울 수 있다. 현대에 와서 여러 가지 즐길 거리가 인간의 정감을 만족시켜주고 마음을 위무시켜주고 있으나, 이것은 흥분과 들뜬 마음을 더욱 부추기는 마약과 같아 인간 심리에 잠재한 동물적 본능을 일깨운다.

종교의 주된 목적은 마음의 긴장, 흥분과 두려움을 가라앉혀 주는 것이다.

■ 힌두교와 불교

힌두교의 철학체계가 불교철학으로부터 많은 것을 흡수하지 않았더라면 심오성과 흥미, 가치를 많이 잃었을 것이다.

— S. N. 다스굽타 박사

■ 열반이란?

탐욕과 갈애의 쳐부숨이오, 악의와 증오의 쳐부숨이오, 미망과 무지의 쳐부숨이라, 벗들이여! 이것을 일러 열반이라 하오.

— 붓다. 상응부

■ 불교와 의회제도

2,500년 전 불교 비구승들의 결집에서 오늘날 우리의 의회제도의 원형을 찾을 수 있다는 것을 알면 사람들은 놀랄 것이다.

— 인도 총독 질란드 경

■ 안정에 대한 그릇된 태도

세상사에 관한 수많은 주장의 물결 속에 도덕적 기준은 사라지고 가정생활은 무너져 예술, 음악, 패션에 대한 심령적 숭배가 강요되고 있다.

오늘날, 사람들은 이 잘못 돌아가고 있는 세상에서 잘못되어 있는 것을 구하고 잘못된 대상에 안주하면서 안정과 복지, 행복을 희구한다. 이 서글픈 상황에 불교가 기여할 일은 참으로 많다.

■ 타 종교와 화합하는 불교

불교의 또 다른 모습은 다른 종교와 충돌을 피하고 비방을 하지 않는다는 점이다. 불교는 언제나 진실을 드러내려 한다. 타 종교에 진리성이 있으면 불교는 언제나 이를 인정하려 한다. 이러한 이해의 정신은 불교가 유약해서가 아니라 확신에 차있기에 나오는 것이다.

■ 자기를 버리면 알게 되는 불교

도겐선사(道元禪師)[12]는 말했다. "불교를 아는 것은 자기를 아는 것이다. 자기를 아는 것은 자기를 잊는 것이다. 자기를 잊는 것은 온 세계를 자기로 안다."

이제 여러분은 자아라는 관념이 환상이라는 것을 알게 되었다.

■ 명의와 같은 불교

붓다는 명의와 같다. 그것은 마치 의사가 여러 가지 질병의 증상과 원인, 해독제와 치료약을 알아 환자에 따라 적용하는 것처럼 붓다는 갖가지 괴로움(苦), 원인(集), 소멸(滅), 그리고 소멸에 이르는 길(道)인 네 가지 고귀한 진리(四聖諦)를 가르쳤다.

— 에드와드 콘즈

---

12) 1200-1253. 일본 가마꾸라(鎌倉)시대의 선승(禪僧). 일본 조동종(曹洞宗)의 개조.

■ 열려있는 불사의 문

불사의 문은 열렸도다! 이에 귀 기울이는 자 그릇된 믿음을 버려야 하나니, 나 이제 까시시(市)로 가서 커다란 법의 수레바퀴를 굴려 무지의 암흑 속에 헤매는 이 세상을 위해 불사의 북을 두드리리라.

— 붓다. 중부

■ 힌두교의 불교에 대한 공헌

힌두교는 불교의 진수를 빼내어 먹고는 내던져 버렸다.

— 스와미 뷔베카난다

■ 열반에서 오는 과보

더러움에 물들지 않는 연꽃처럼 열반은 어떤 번뇌에도 물들지 않는다. 찬물이 열을 식히듯 열반 또한 차가워 모든 갈망의 열을 식힌다.

물이 더위에 지치고 갈증에 허덕이는 사람과 동물의 갈증을 풀어주듯 열반은 감각적 욕망에 대한 갈애와 나아가 존재와 비존재에 대한 갈애도 풀어 준다.

약이 독극물에서 오는 고통을 제거하듯 열반은 갈망에서 오는 고통을 제거한다.

약이 병환을 치료하고 꿀처럼 자양분이 되듯 열반은 모든 괴로움(苦)을 종식시키고 평온의 자양분이 된다.

— 붓다. 중부

■ 언제든지 나타나는 아라한(阿羅漢)[13]

나의 제자들이 청정한 생활을 하고 불도를 따르는 한 이 세상에는 아라한이 없는 때가 없을 것이다.

— 붓다. 장부

■ 담마는 최상의 선물

담마라는 선물은 최상의 선물. 담마의 향기는 최상의 향기. 담마에서 얻는 즐거움은 최상의 선물. 모든 갈애를 쳐부순 자, 괴로움이 사라지느니라.

— 붓다. 장부

■ 세 종류의 눈

인간의 가장 높은 자리(無上士)에 오른 붓다는 세 종류의 눈이 있다고 말했다. 육안(肉眼), 천안(天眼) 그리고 비길 바 없는 지혜의 눈인 혜안(慧眼)이다.

육안을 가지면 천안을 얻는 길이 되지만 혜안은 얻으면 모든 괴로움이 사라지기에 모든 것을 알게 된다.

— 붓다. 여시어경

---

13) 근본불교는 성문(聲聞: 진리와 깨달음을 구하는 수행자)을 네 단계로 나눈다. 수다원(須陀洹), 사다함(斯陀含), 아나함(阿那含), 아라한(阿羅漢)이다. 각각 도(道)와 과(果)가 있어 이 모두를 사쌍팔배(四雙八輩)라 하며 아라한과에 이르면 깨달음을 얻어 열반에 이른다는 점에서는 부처와 같다고 한다.

■ 사악한 것을 피하는 성자

세속사의 위험을 보고, 집착을 버리는 것을 아는 고귀한 성자는 사악한 것을 즐거워하지 않으며 청정한 사람은 사악한 것에 즐거움을 찾지 않는다.

— 붓다. 자설경(自說經)

■ 구원을 위해 가장 중요한 것

―인도 종교인에게는 출가

―중국 종교인에게는 일상생활 속에서의 덕성 함양

―다른 모든 종교인에게는 유일 신

―불교인에게는 지상목표인 마음의 청정

■ 갈애의 목마름을 풀어주는 담마

담마의 약수를 마시면 불노불사의 경지에 이른다. 진리를 찾아 진리를 알기에 갈애의 갈증이 가신다.

— 붓다. 미린다 왕문경 335

■ 불교와 아인슈타인

20세기 위대한 과학자인 아인슈타인은 비록 종교인이 아니었으나 만약 종교인이 되었다면 그는 불교도가 되었을 것이라는 생각을 표명한 것이 그와 불교관계를 나타내는 가장 명확한 좋은 예가 될 것이다.

■ 붙잡지 못하는 이유

어느날 붓다는 온 나라를 공포의 도가니로 몰아넣고 있는 살인마 앙굴리마라를 만나러 갔다. 그는 붓다를 만나자 그가 죽이기로 다짐했던 수만큼의 사람을 이제 죽일 수 있게 되어 몹시 반가웠다.

그는 손에 칼을 쥐고 붓다에게 달려갔다. 뛰고 또 뛰었으나 지치기만 할 뿐 아무래도 붓다에게 접근할 수 없었다.

그는 마침내 외쳤다. "그 자리에 섯."

붓다는 "나는 이미 오래 전부터 서 있노라."고 말했다.

앙굴리마라는 말했다. "그렇지만 걷고 있지 않소."

그제야 붓다는 말했다. "'선다'는 의미는 사악한 행위를 범하는 것을 중지했다는 것이니라."

이에 앙굴리마라는 물었다. "나는 왜 이렇게 멀리 뛰어도 당신을 따라 잡을 수 없는 거요?"

붓다는 대답했다. "그대가 뛰기 때문에 나를 따라 잡지 못하는 것이니라. 뛰기를 그만 두면 나를 잡을 수 있을 것이니라."

"그게 무슨 뜻이오?" 앙굴리마라가 물었다.

"'뛴다'는 것은 그대가 오랜 세월 악행을 범하여 괴로움을 당하고 있음을 뜻하는 것이니라."

이에 앙굴리마라는 포악한 살인행위를 중지하기로 결심하고 붓다를 따라 그의 제자가 되었다.

05
종교의 사명

종교의 사명

이 세상 밖의 어떤 힘에 대한 인간의 신앙은 인간의 역사만큼 오래이다. 다양한 종교는 이러한 신앙 대상에 신성함을 부여하고 그에 따른 수많은 의례와 의식을 만들어 내었다. 신학자들은 종교적 진리에 대해 논란하고 있는 반면 철학자들은 논리를 기초로 한 지식의 확실성을 추구하고 있다.

'종교'라는 말은 일반적으로 내려진 정의가 없다. 철학자, 사회학자, 심리학자, 신학자, 인생의 특정한 면에 관심을 가진 그 외의 많은 사람들은 모두 그들 나름대로의 목적을 가지고 종교에 대해 정의를 내리고 있다.

그러나 모든 종교의 주된 목적은 사람들로 하여금 존경받는 생활을 하고 타인에게 괴로움을 주지 않으며, 육체적, 정신적으로 해방이 되는 길을 찾도록 교화하는 것이다.

종교란 살아 있는 생명의 해방이라는 것에 의미가 있으며 단순한 연구과제나 논문의 대상이 아니라, 암울한 세속의 외적 문제와 정신적으로 관련이 있는 내적문제에 대한 실천적 행위 규범이다. 종교는 바로 인간 본연의 자세에서 체험해야 하는 것이며, 끊임없이 변화하는 세상사 가운데에서도 영성(靈性)을 얻고 내적 성장을 위한 철저한 버림의 생활을 해야 하는 것이다.

여러 종교의 위대한 지도자들 중에서 오로지 붓다만이 제자들에게 탐구의 정신을 고취시켰다. 제자들에게 기탄 없는 철저한 탐구를 종용하고 그의 가르침에 대해서조차 맹종하지 말도록 일렀다. 그러므로 불교를 과학의 종교라 해도 과언이 아니다. 과학이 많은 것을 발견해 왔지만 붓다의 가르침에 결코 배치되지 않았다.

불교는 진정 현대 세계, 과학 세계에 적합한 종교이다. 자연으로부터, 과학으로부터, 인간의 역사로부터, 이 우주 모든 곳에서부터 발산되는 광명은 붓다의 고귀한 가르침(八正道)과 함께 빛을 발한다.

■ 종교는 교육체계

종교는 무엇보다도 교육체계이다. 종교는 사람들을 순화시켜 우선 인성과 사회에 바람직한 변화를 가져오게 하고 다음은 의식을 고양시켜 인간과 인간이 속한 자연과 적절한 관계를 확립시킨다.

— 앨더스 헉슬리

■ 자유의 종교

붓다의 제자들이 누린 자유는 칭송할만하다. 사실 불교도들조차도 이 사실을 모르고 있다. 제자들은 어떤 것이든 이를 받아들일 것인가, 받아들이지 않을 것인가를 스스로 판단하고 생각하는 완전한 자유를 가지고 있었다.

불교인들은 단순히 종교라는 이름 하에, 혹은 어느 종교 지도자가 위대하다고 생각되어, 혹은 경전의 말씀은 받아들이는 것이 그들의 도리라고 생각해서, 혹은 옛날부터 내려오는 전통에 따르는 것이라 해서 그들은 이를 무조건 받아들일 필요가 없다.

불교인들은 받아들일 대상을 스스로 검토하여 받아들이든지 이성에 바탕을 둔 자신들의 확신에 배치되는 주장은 거부할 자유가 있다.

■ 종교의 목적

종교의 목적은 모든 탐욕과 증오, 무지를 소멸시켜 청정한 마음과 지혜를 쌓는 것이다.

■ 불교와 무신론

자유사상가와 무신론자들은 붓다가 신에 대해서 자기들과 같은 생각을 가졌다고 주장하고 있으나 '무신론' 이라는 용어가 질책과 비난의 경멸적 용어로 사용된다면 불교는 무신론이 아니다. 불교는 신이나 여러 신들의 존재에 대해 다투며 시간을 낭비하지 않는다. 올바른 이해를 하게 되면 이것이 유신론과 무신론을 대체하게 된다.

■ 다스리기 어려운 무종교주의자

정부가 법률과 규칙을 엄하게 만든다고 국민을 통솔할 수 있는 것이 아니다. 법규가 많을수록 빠져나갈 허점이 많다. 왜 선량한 시민으로 행동해야 하는지를 알게 하는 종교로 사람들이 도덕적으로 수양이 되면 문제가 일어나지 않을 것이다.

사람과 달리 동물은 정치나 정부, 종교나 교육 같은 것이 없지만 그들 사이에 큰 문제없이 잘 지내고 있다. 만약 인간이 정부, 종교, 교육 없이 살게 된다면 인간사회에 어떤 상황이 전개될까?

■ 살아있는 종교로서의 불교

불교는 그렇지 않을 수 없었지만, 인도인의 생활에 많은 영향을 끼쳤다. 불교는 천년 이상 인도인에게는 살아 있고 활기차며 널리 전파된 종교였다는 사실이 기억되지 않을 수 없기 때문이다.

— 판디트 네루

■ 종교의 다면성

독자적 종교

조직된 종교 집단이 벌이는 허장성세의 집회에 참여하지 않고 공경하는 종교 스승을 내심으로 공경하며 일상생활에서 스스로 계율을 지키는 종교 생활.

조직화된 종교

화려한 행사. 기념식, 축하행렬, 집단기도와 같은 군중의 인기에 영합하는 종교. 사찰에서의 축하행사는 조직화된 종교의 전형적인 예다.

지성인들은 이러한 행사에 크게 관심을 같지 않지만 많은 군중은 이에 큰 관심을 가진다.

불교는 다양한 종교적 수요를 충족시킨다. 지성인에게는 드높은 원리와 도덕규범을 제공하여 깨달음과 해탈의 길로 이끌어준다. 일반인에게는 보다 낮은 생활에 대한 기도와 희망에 초점을 모아준다.

계시의 종교

예언자나 신의 사자를 통해 계시를 받았다는 종교. 기독교, 유대교, 이슬람교가 계시의 종교이다. 이들 종교의 추종자들은 그들의 종교를 유일한 진리로 보고 있다.

이들의 종교는 모두 유일신을 믿는 일신교이다. 그러나 카톨릭은 대중의 요구를 수용, 여러 숭배 대상을 바라는 이들의 자연적인 요구에 부응하여 '성모'나 '성자'라는 중간 매체에 대한 신앙과 기도나 이들의 행적에 대한 숭배의식을 행하고 있으며 신에 대한 여러 가지 접근방법이나 '유일신'에게 직접 기대하지 않고 바라는 바를 얻는 방법을 도입하고 있다.

자연종교

자연현상과 그 위력 때문에 자연에 대한 숭배가 나타났다. 자연종교의 최초의 형태는 해와 달, 산과 강, 바다, 지진과 천둥번개, 홍수, 극단적인 생활 환경 변화 등 강력한 자연 현상 속에서 끔찍한 경험을 겪어 생겨난 것이다. 신, 영혼, 정령, 전지전능한 하늘의 존재, 인간에게 기쁨과 사랑을 주는 존재라는 신앙은 자연현상의 위력에 대한 두려움과 그의 은총을 바라기 때문에 나타난다.

조상숭배

대가족이나 공동체의 발원이라고 생각되는 시조 또는 조상을 숭배 하는 종교. 일본과 중국이 이에 속하는데 이들은 불교나 다른 어떤 종교에도 속하지 않는다.

심리적 종교

인간정신의 본질과 신과의 관계에 대한 관심에 몰두해 있는 종교이다. 힌두교는 신이 열어준, 신이 헌신한 종교라고 공언하고 있으나 자연종교와 혼합된 심리적 종교라 한다.

■ 타종교에 대한 과민반응

일부 종교의 신자들에게 타종교는 마치 전염병처럼 기피해야 하는 것으로 되어 있다.

■ 종교로서의 불교

불교는 전지전능한 하늘의 존재가 내려준 메시지나 계시가 아니다. 불교는 붓다가 깨달음(正覺)을 통해 찾아낸 담마(法, 眞理) 또는 우주현상이다. 담마를 생명의 본질로, 올바른 생활의 길로, 마음의 평화와 지혜 그리고 종국에는 심신의 괴로움에서 벗어나는 해탈의 길로 이해해야 한다.

■ 타종교 비방에서 오는 피해

자기의 종교만 찬양하고 타종교를 비방할 것이 아니라 여러 가지 이유에서 타종교도 찬양해주어야 한다. 이와 같은 행위는 자기가 신봉하는 종교가 더욱 발전하는 데 도움이 되고 타종교에 대한 봉사가 된다. 그렇지 않으면 자기 종교의 무덤을 파고 타종교도 역시 해치게 된다. 자기종교를 찬양하고 타 종교를 비난하며 "나의 종교를 영광되게 하리라" 생각하면서 종교에 헌신하는 사람들이 있으나 이런 행위는 자기종교를 더욱 심하게 손상시키는 것이 된다. 선의 일치. 들을 지어다. 타종교가 선포한 교리에 대해서도 귀를 기울이도록 하라.

— 아소카 황제 칙령 암각문

■ 과학과 종교

종교 없는 과학은 절름발이며 과학을 모르는 종교는 장님이다.

— 알버트 아인슈타인

■ 타종교인들을 적으로 대하는 사람들

ㅡ왜 일부 종교단체는 타종교 단체를 적으로 대하여 위협을 가할
까?

ㅡ왜 타종교인에게 미소를 보이는 데 너그럽지 못할까?

ㅡ왜 남들에게 적대적이고 남들과 함께 선행을 하는 것도 거부할
까?

ㅡ왜 타종교인에게 욕설을 하며 공격할까?

이런 사람들은 모든 종교인들이 인류 복지를 위해 일하고 있으며
일반인들을 해치거나 오도하지 않기를 바란다는 사실을 알아야
한다.

■ 유일한 종교란 있을 수 없는 것

종교인들은 모두 함께 모여 같이 일해야 한다. 모하마드 간디는
말했다. "나는 인도인 모두가 하나의 종교인ㅡ힌두교나 기독교
또는 이슬람교도ㅡ이 되는 꿈이 이루어지기를 기대하지는 않으
나 모두가 타 종교에 관대하여 서로 힘을 합쳐 함께 일해 나가기
를 바라고 있습니다."

■ 종교의 기원

불교 이외의 다른 모든 종교는 종유석처럼 하늘에서 지상으로 내
려왔다.

불교는 석순처럼 땅에서 시작하여 하늘로 올라간다.

■ 정부는 속여도 종교는 못 속이는 것

사람들은 정부는 속일 수 있을지 모르지만 종교는 못 속인다. 종교를 속이려는 사람은 자기 자신을 속이는 것이다. 수행은 강제나 강압 또는 과학에 의해 이루어지는 것이 아니고 평화와 청정과 행복을 표상하는 종교를 성실하게 따름으로써 이루어지는 것이다.

■ 죄인이 되는 자

남을 죄인이라고 부르는 것은 죄가 된다.

■ 신앙인의 신앙생활을 보고 그 종교를 폄하하는 어리석음

무지몽매한 사람들이 특정종교의 이름으로 행하는 어리석은 종교 행위와 신앙만을 보고 그 종교의 장단점을 평가하지 말아야 한다.

어느 종교든 위대한 종교스승들의 근본 교리는 누구나 접할 수 있으므로 이를 검토한 후에 그 종교를 비판해야 한다.

■ 불교에서는 정당화되지 못하는 분노

불교에서 의분이나 타당한 분노란 없다. 불교는 어떤 상황에서도 전쟁을 결코 정당화하려 하지 않는다. 진정한 불교인은 자기에게 관심을 가지지 않는다는 이유 때문에 과민반응하거나 화를 나타내지 않는다.

■ 종교를 오해하고 있는 사람들

무종교주의가 때로는 종교의 옷을 입고 활개를 친다. 대부분의 사람들은 기도하는 사람이나 구루(Guru: 힌두교의 정신지도자)가 있는 곳에서만 종교를 볼 수 있다고 생각하고 있으며, 종교는 늙은이나 부녀자에게나 적합한 것이지 젊은이와 지식인, 부유한 사람에게는 적합하지 못하다고 보고 있다.

그들에게 종교는 일부 케케 묵은 책의 표지에서만 볼 수 있고 생동하는 생활현장에서 피는 꽃 가운데에서는 볼 수 없다고 한다. 이런 생각이 바로 무관심과 태만, 오해의 종교이다.

■ 존경받을만한 이에 대한 존경

불교인으로서 우리는 타종교의 창시자와 그의 가르침을 존경하고 경의를 표한다. 모든 종교의 창시자들은 인류에게 공헌을 하였기에 존경과 경의를 받을 이유가 있다. 불교인은 본인이 좋다면 이러한 종교스승의 사진이나 상징물을 자기 집에 모실 수 있다. 불교는 존경받을만한 이들을 존경하도록 권고하고 있다.

■ 유신론적 종교와 인본주의적 종교

유신론적 종교는 초자연적 힘을 숭배하고 인본주의적 종교는 인간의 선을 숭배한다. 인간의 선행은 하늘의 힘보다 더 강하다는 말이 있다. 불교는 인간의 신성성과 인간의 본성에 잠재한 선을 인정한다.

■ 전쟁을 부추기는 일부 종교

그들은 전쟁을 천국으로 가는 문이라고 한다. 신을 위한 전쟁에서 싸우다 죽으면 천국에서 태어난다고 한다.

■ 종교 발전의 증거

성전(聖殿)으로서 커다란 건물과 대형 상징 조형물의 건립, 여러 가지 의식과 기념행사, 또는 더욱 많은 사람들을 종교로 유인하기 위한 화려하고 매력적인 종교 활동이 종교 발전의 증거가 될 수 없다.

신도들의 성실한 생활과 표리 없고 남에게 해를 끼치지 않으며 비난 받지 않는 언동으로 일반인들로부터 신임을 얻는 행동을 통해 그 종교의 발전을 증명해 보일 수 있다.

■ 진실한 종교생활

붓다에 의하면 기도, 만트라, 속죄, 찬송가, 부적, 주술과 주문, 신을 위한 사육제, 죽음을 재촉하는 금식, 병자의 약물 거부, 악행에 대한 형벌로 육체의 일부분을 태우거나 자르고 찌르는 행위, 보기만 하고 침묵으로 일관하는 행위 등에 몰두하는 것은 문제를 해결하고 괴로움(苦)을 없애며 악업을 제거하기 위한 진정한 종교적 수행이 아니다.

존경받고 고귀하며, 남에게 해를 주지 않거나 비난받지 않는 청정한 삶에 의해서만 인간은 진정한 구제를 받는다.

■ 진정한 종교인

붓다의 관점에서 보면 종교인이란 고귀한 생활을 하는 사람이다. 이런 사람은 어느 종교에도 있으며 심지어 종교를 가지지 않은 사람에게도 이런 사람이 있다.

이런 사람은 여러 가지 정신적 오염이나 사악한 생각에서 마음을 깨끗하게 하여 행복과 평화, 만족한 생활을 누릴 수 있으며 마지막에는 영원한 행복을 얻는다.

하루에도 몇 번씩 경배와 기도를 하고 신이나 종교 스승에게 공물을 올린다고 해서 남보다 더 열성적인 신도라는 증거가 될 수 없다.

경건한 종교인이 되는 유일한 길은 남에게 해를 끼치지 않고 일상생활에서 도덕적, 정신적인 발전을 돕는 고귀한 여러 원리를 따르는 것이다.

■ 종교가 중요한 때

일상적인 사회생활에 바쁘다는 이유로 종교를 멀리 하는 것은 가시밭길을 걸어야 하기 때문에 신발을 벗는다는 것과 같다.

■ 정치 지도자와 종교

정치 지도자는 종교의 율법을 제정할 권위를 가지고 있지 않다. 그들의 임무는 깨달음을 얻은 종교 지도자가 평화와 사회질서를 위해 제시한 종교 원리를 유지시키는 일이다.

■ 초능력

초월적 존재에 대한 관심이 인간에게도 어느 정도 이런 능력이 있다는 생각을 자극시키지만 이것은 인간 정신의 붕괴를 초래하게 된다.

이런 생각은 의존심, 두려움, 미신을 조장하고 인간은 원래 하잘 것 없다는 위험한 믿음으로 퇴화하게 된다.

— 스와미 뷔베카난다

■ 공산주의와 종교

일부국가에서는 종교를 몰아내고 공산주의나 사회주의를 도입하려 하고 있다. 오늘날 그들 국민은 종교로 되돌아오고 있다.

■ 종교가 생긴 이유

종교적 신앙은 사람들의 비밀과 숨은 악을 제거하려는 현명한 정치가의 발명품이다.

— 크리티아스

■ 부적과 주술

사람들 중에는 문제가 있을 때 부적과 주술, 초자연적 힘과 만트라(眞言)에 의지하는 경우가 있다. 이에 대한 믿음과 실행이 얼마나 성공할 것인지 아무도 알지 못한다.

— 스와미 뷔베카난다

■ 이론과 실천

실천 없는 이론은 빈껍데기이고 이론 없는 실천은 장님이다.

■ 모든 종교의 좋은 점만 보는 지혜로운 사람

꿀벌이 여러 가지 꽃에서 꿀을 얻듯이 지혜로운 사람은 모든 종교의 좋은 점만 보며 여러 종교의 가르침 중에서 알맹이만 취한다. 예를 들면:

―내가 남에게 해를 받지 않기를 바라듯 남에게 해를 가하지 말라. (불교)

―이웃의 얻고 잃음을 나의 얻고 잃음으로 생각하라. (도교)

―남이 나에게 해주기를 바라듯 너도 남에게 그렇게 하라. (기독교)

―모든 사람에게 베풀면 그들도 네게 베풀 것이며, 베풀지 않으면 그들도 베풀지 않을 것이다. (이슬람교)

―자기가 하고 싶지 않은 일을 남에게 시키지 말라. (힌두교)

■ 일체의 상호 연관성

세상은 신에 의지하고, 신은 세상에 의지한다.

― 화이트헤드 교수

■ 선교의 사냥터

무지와 가난은 선교를 위한 아주 성대한 사냥터이다.

■ 불교와 기독교의 비교

—기독교는 신이라는 관념을 중심으로 한 신본주의인 반면, 불교
  는 인간이라는 관념을 중심으로 한 인본주의이다.

—기독교인에게 종교는 창조자의 뜻을 펴기 위해 하늘에서 내려
  왔으며, 불교인에게 종교는 인간의 요구를 충족시키고 인간이
  가진 문제를 해결하기 위해 지상에서부터 시작되었다.

—기독교인에게 인간은 신의 미완성의 투영물이며 이 투영물은
  신이 창조하여 종교의 실천을 통해 완전을 시도하나, 불교인에
  게 신은 완성된 인간의 투영물이며 이 인간은 종교의 실천을
  통해 이를 이루기를 염원하고 시도한다.

—기독교인에게 그리스도는 신이 인간으로 화한 것, 즉 '인간화
  된 신' 이며, 불교인에게 붓다는 인간이 신으로 화한 것, 즉 '신
  인융합의 인간' 이다.

—기독교인의 수행은 신에 대한 신앙과 신의 뜻을 근본으로 삼
  고, 불교인은 수행은 인간이 안고 있는 문제에 대한 이해와 내
  적 개조의 해결을 근본으로 삼는다.

— M. 푼나지 존자

■ 종교와 신성성

종교생활은 자비정신의 배양이며 청정한 생활이 바로 신성성이
다. 그러나 이 경우에도 인간의 존엄성을 유지하고 인간의 지성
에 신뢰를 두는 것이 가장 중요하다.

■ 종교가 중요한 이유

사람들은 인생을 어떻게 살아가야 할지 모르며 자기의 인생을 적절히 활용할 줄 모른다.

종교가 이에 해답을 준다. 종교 없는 인생은 닻이 없거나 항해사가 없는 배와 같다.

■ 종교적 차별

어느 종교는 타 종교와 차별화하고 시기와 적대감을 고취시키는 데 이용되고 있다. 이들은 종교를 평화를 이루는 데 이용하지 않고 남을 저주하고 증오하는 데 이용하고 있는 것 같다. 이 건전하지 못한 종교적 오만과 경쟁은 세계 도처에서 폭력과 유혈까지 일으키고 있다.

어느 종교인들은 자기네 문화나 전통으로 삼는 상상과 관념을 중요하게 생각하면서 때로는 남의 문화와 전통을 우스개로 삼는다. 오직 그들의 종교만 진실한 종교라고 소개하면서 신앙생활과 종교 활동 속에서 물질적 이득과 정치권력, 자기영광을 위한 이기적인 생각을 키우고 있다.

■ 기댈 곳 없는 위대한 인간

여우는 굴을 가졌고 하늘을 나는 새는 둥지를 가졌다. 사람의 아들은 머리를 누일 곳이 아무 데도 없다.

— 예수 그리스도

■ 의례의식이 생긴 이유

자연적 조화의 길이 사라졌을 때 도덕이 나타나고, 도덕이 사라졌을 때 정의가 나타나고, 정의가 사라졌을 때 의례의식이 나타난다.

— 노자

■ 종교를 싫어하는 사람들

사람들 중에는 종교가 그들이 하고자 하는 일을 못하게 하고, 하지 않으려는 일을 하도록 요구하므로 종교를 싫어한다.

■ 인간의 희망을 위한 불교

불교의 관점에서 보면 종교는 신의 뜻을 펴기 위해 하늘에서 내려온 것이 아니라 평화와 행복, 해탈을 바라는 인간의 원대한 희망을 이루어주기 위해 이 지상에서 싹이 튼 것이다.

■ 조화와 상호이해의 증진

종교생활은 보상이나 형벌 때문이 아니라 본인과 남을 위한 책무를 기꺼이 받아들일 때 확립된다.

종교의 목적은 사람들로 하여금 바른 사고방식을 가지게 하고 동물보다 높은 차원으로 끌어올리도록 도우며, 우주와 인간의 관계를 이해시켜 우주와 조화 속에 사는 것이 지상목표인 최상의 행복에 도달하는 것임을 이해하도록 돕는 것이다.

■ 종교의 왜곡

여러 종교의 신자들은 그들의 종교를 왜곡시키고 세속적 필요에 따라 변형시킨다. 이것은 자기들의 욕구를 충족시키고, 종교를 진흥시킨다는 명분으로 다른 사람들의 생각에 영향을 주려는 행위이다. 그러나 이런 종교의 재해석이 그들을 죽음의 종말로 이끌 수 있음을 걱정하지 않고 있다.

세속적 인간의 만족을 위해 종교원리는 결코 자리를 내어주지 말아야 한다. 인간의 향상을 위해 오히려 종교의 원리가 유지되어야 한다.

■ 눈요기 쇼핑

우리의 지적 능력을 무시하고 의례의식과 기념식, 도그마에만 매달리면 진리를 찾지 못하고 눈요기 쇼핑만 할 따름이다.

■ 인간이 경험하는 천국

종교는 단순한 교리체계가 아니라 경험의 체계이다. 종교적 경험은 인간 속에 나타나는 신성성의 경험에 기초하고 있다.

— 라다크리슈난 박사

■ 마음속에 있는 신

하늘에 있는 신을 모시는 인간을 조심하라.

— 조지 버나드 쇼

■ 신 앞에서의 인간

신 앞에서 우리는 모두 영리하면서 모두 바보이다.

— 알버트 아인슈타인

■ 반목을 조장하는 종교

우리는 서로 증오하기에 충분한 종교는 가지고 있으나 서로 사랑할 만큼 충분한 종교는 가지고 있지 않다.

— 조나단 스위프트

■ 극복을 위한 종교

종교는 두려움의 극복을 위한 것, 실패와 죽음의 해독제이다.

— 라다크리슈난 박사

■ 도덕적 행위와 종교

종교는 우리의 도덕적 행위를 결정짓는 교육의 핵심이다.

— H. G. 웰스

■ 종교 없는 과학의 위험성

도덕적 이상이 없는 과학은 인류에게 위험하다. 과학은 스스로 통제력을 갖는 기계를 발명해내었다. 총탄과 폭탄은 세계의 운명을 손에 쥔 몇몇 세계 권력자들에게는 과학의 선물이지만 나머지 인류는 고뇌와 두려움에 쌓여 있다.

■ 종교에 있는 도덕적 원리

종교는 우리의 도덕적 제 원리의 인지인데 이러한 도덕적 제 원리는 범할 수 없는 법률과 같다.

— 칸트

■ 중요한 신의 관념

만약 신이라는 관념이 없었더라면 인간은 무엇인가 다소 다른 것을 만들어내었을 것인데 그것은 인간의 영혼에 아주 중요하기 때문이다. 신성한 권능은 인간의 타고난 두려움을 완화시키는 데 필요하다.

— 아나톨 프랑스

■ 종교의 기원

신이나 신성이라는 생각이 인간의 마음에 스며들자 세상에 종교의 싹이 텄다.

■ 신의 휴식시간

신은 누가 죄를 짓고 있는지 아닌지 항상 살펴야 하기 때문에, 쉬거나 잠잘 여가가 있는지 사람들은 궁금하게 생각한다.
그런데 기도하는 사람은 기도하는 동안 죄를 지을 기회가 없다는 것을 신은 알기에 그 때 신은 쉴 기회를 가질 수 있을 것이라고 말하는 사람들이 있다.

■ **죄인을 벌할 자**

예수 그리스도가 죄지은 여인을 돌로 쳐서 죽이려고 모여든 사람
들을 만나자 말했다. "이 중에 죄 없는 사람이 있으면 그가 먼저
돌을 던지시오."

■ **종교와 물질주의**

현대 사회에 물질주의가 강력한 영향력을 가질 만큼 팽배한 주된
이유는, 여러 가지 종교적 믿음은 받아들일 만한 것이 못된다고
과학이 증명했기 때문이다. 그러므로 종교적 믿음을 전심전력으
로 성실하게 설명할 수 있는 교육받은 지성인은 아주 드물고 이를
지키고 있는 일부 사람들도 이를 전통이나 문화로만 지키고 있을
따름이다. 그런 반면에 이를 상식으로 잘 포장하여 이 해묵은 전
통을 새롭게 해석하는 사람들도 있다.

■ **과학이 할 수 없는 것들**

오늘날 많은 사람들이 두려움과 불안, 불안정으로 지쳐있으나 과
학은 이들을 구해내는 데 실패하고 있다. 인간의 심리 깊은 곳에
도사리고 있는 동물적 본능이 발동할 때 과학은 이를 제어할 방법
을 일반인들에게 가르쳐 주지 못한다.

과학은 의미 있는 인생계획과 인생의 목적을 제시하지 못하며 살
아가는 분명한 이유도 제시하지 못한다. 사실 과학은 본 바탕이
철저히 속물적이어서 인간의 정신적 목표에는 무관심하다.

■ 과학과 종교의 임무

과학은 세계의 존재에 대한 탐구이며, 종교는 인간과 사회의 당위에 대한 탐구이다.

— 알버어트 아인슈타인

■ 종교와 철학의 임무

철학은 세계의 본질에 대한 이해이며, 종교는 세계의 제 조건과 이 조건에 따른 생활에 대한 이해이다.

■ 철학의 목적

그리스인에게 철학은 지혜로운 사람이 되는 것이고,

중국인에게 철학은 덕망 있는 사람이 되는 것이며,

인도인에게 철학은 해탈을 추구하는 것이다.

■ 서로 다른 종교

종교 간에 유사점이 있는 것은 사실이나 모든 종교가 같다는 것은 지적 위선이며 잘 꾸며낸 허위이다. 여러 종교의 목적—평화와 영원한 행복이나 구원—이 같다고 하는 것이 더 정확하다. 그러나 이 목적을 달성하는 여러 종교의 수단은 같지 않으며 때로는 상충되기도 한다.

젖소의 색깔은 여러 가지이지만 우유색은 항상 같다. 종교의 목적은 우유의 색깔과 같다.

■ 형제애를 강조하는 불교

불교는 개종자를 이끌어내는 조직이 아니라 붓다의 가르침에 감화를 받아 이에 따라 수행하려는 사람들을 진심으로 돕는 형제애의 조직이다.

— 아나가리카 고빈다

■ 영악한 악마를 생산하는 교육

적절한 종교적 지도 없이 교육을 시키면 젊은이를 영악한 악마로 만들 따름이다. 종교를 가졌음에도 이기적이고 교활한 사람이 종교를 안 가졌다면 어떻게 될까?

■ 진정한 성자

진정한 성자는 어떤 하잘 것 없는 존재라도 자기가 그보다 더 우월하다고 생각하지 않는 사람이며 세속적 즐거움을 모두 버린 사람이다.

— 마하트마 간디

■ 종교교육의 목적

오늘날 종교교육의 주된 목적은 우리의 생각과 생활방식을 사람들에게 주입시키고 개종시키는 것이 아니라, 다른 사람들의 생활을 알게 하여 그들과 평화롭게 공존하도록 돕는 것이다.

— 라다크리슈난 박사

■ 진리의 종교적 독점

세상의 어느 종교도 그것이 아무리 뛰어나다고 생각되어도 진리를 독점하지 못한다. 또한 어느 종교도 진리의 완전한 실현이라 할 수 없다.

사실이 이럴진대 이 세상의 모든 종교는 서로 협력하고 돕는 것이 최선일 것이다.

■ 평화공존을 위한 종교인의 단결

모든 종교인은 한데 뭉쳐

— 종교적 군국주의를 배제하자.

— 전쟁의 이름으로 자행되는 야만성과 인간 살육을 중지하자.

— 자기의 소신에 따라 종교를 갖는 자유를 갖게 하자.

— 종교적 독선주의를 버리자.

— 종교를 수상한 방법으로 타인을 개종시키는 장터로 이용하지 말자.

— 타종교의 신앙과 종교생활이 남을 해치지 않고 일반인들을 오도하지 않으면 이를 존중하자.

— 불건전한 종교 간의 도발적인 경쟁태도를 버리자.

— 현대사회에서 널리 벌어지고 있는 사악하고 부도덕한 행위를 몰아내자.

— 신자들에게 중도의 생활방법을 가르쳐 극단으로 치닫지 않도록 교화하자.

■ 무의미한 개종

내적 만족과 발전을 위해 개종하는 사람들이 있다. 개종을 마치 상거래처럼 하는 현대적 방법에 나는 반대한다.

— 마하트마 간디

■ 천국에 있는 목사와 택시 운전사

어느 날 택시를 타고 가던 목사가 택시 운전사가 조심스럽게 운전하지 않고 있다는 것을 알고 안전이 걱정되어 신에게 기도를 계속했다. 그래도 이 완고한 운전사는 난폭한 운전을 계속하여 사고를 일으키고 말았다. 두 사람은 현장에서 즉사했고 이제 둘은 천국으로 가게 될 기회를 맞게 되었다. 천국의 문 앞에 당도했을 때 목사는 문지기에게 제지를 당해 문밖에서 기다리라는 지시를 받았으나 택시 운전사는 따뜻한 환영을 받았다.

이에 목사는 화가 나서 "이건 너무 불공평합니다. 나는 오랫동안 신께 기도를 해 왔고 저 택시 운전사는 신을 위해 한 일이 아무것도 없는데 왜 그가 나보다 먼저 들어갈 수 있단 말입니까?" 하고 외쳤다. 이에 문지기는 "그렇습니다. 우리는 잘 알고 있어요. 우리는 결과를 가지고 평가를 하지요. 목사님은 설교를 할 때 듣는 사람들이 모두 흥미를 잃고 졸고 있었지만 이 운전사의 경우는 승객들에게 신을 상기시키고 운전하는 동안 기도를 하게 했습니다. 그러므로 운전사가 목사님보다 더 많은 공덕을 쌓았습니다."고 대답했다.

■ 영원한 영혼에 대한 믿음

비구들이여, 누가 영원한 영혼이 있다고 말하는 사람이 있으면 그는 비탄, 괴로움, 고뇌, 애도, 실망을 하지 않고 영원한 영혼에 매달리리라. 그러나 비구들이여, 이런 사람을 본 적이 있는가?

— 붓다. 중부

■ 부자는 들어가기 어려운 천국

부자가 천국에 들어가는 것은 낙타가 바늘구멍에 들어가는 것보다 어렵다.

— 예수 그리스도

■ 인본주의적 종교

불법의 바탕은 인본주의이다. 정령(잡귀)이나 신에 대한 가르침이 아니다.

— 인순 존자(尊者)

■ 희망의 종교

불교는 진리의 실현에 방해가 되는 우울하고 비관적이며 두려움과 음울한 마음을 전적으로 배격한다.

이와 반대로 흥미로운 것은, 기쁨(喜)은 일곱 가지 '선정요소' 중의 하나로서 열반의 실현을 위해 계발해야 할 중요한 자질이라는 것이다.

125

■ 신앙

신앙으로 이룰 것은 별로 없지만, 신앙 없이는 아무것도 할 수 없다.

— 사뮤엘 부틀러

■ 미래의 종교

현대과학시대의 요구에 부응할 수 있는 종교가 있다면 그것은 불교일 것이다. 불교는 미래의 범종교로 기대할 수 있는 성격을 가지고 있다. 불교는 개별적 신을 초월하고 독단적 교리와 신학을 피한다. 자연세계와 정신세계를 망라하며 의미 있는 통일체인 자연적, 정신적 일체 사물의 경험에서 얻는 종교적 의미에 기초하고 있다.

—알버어트 아인슈타인

■ 천국보다 나은 지옥

나는 천국보다 지옥에 가는 것을 좋아한다. 천국은 돈 많은 바람둥이들에게나 좋은 곳이지 나 같은 사람을 위한 곳이 아니라고 믿고 있다. 과학자, 위대한 사상가, 붓다를 포함한 이성주의자와 같은 지성인들은 신을 믿지 않았기 때문에 모두 지옥에 있다. 그래서 내가 만약 지옥에 간다면 그들과 함께 지낼 좋은 기회가 될 것이다.

— R. 잉게솔

■ 마음에서 나오는 말을 듣는 신

신은 입에서 나오는 말에 관심이 없고 마음이 하는 말에 관심을
가진다.

■ 신의 힘

신의 위대한 힘은 온화한 미풍속에 있지 사나운 폭풍속에 있지
않다.

— 라빈드라나드 타골

■ 단 하나의 종교

세계에는 단 하나의 종교뿐이다. 비록 수많은 변형종교가 있지만.

— 죠지 버나드 쇼

■ 진정한 성자

—살아 있는 생물에 해를 주지 않는 자.

—살생이나 살생의 현장에 참가하지 않는 자.

—완고한 자에게 아량을 베푸는 자.

—모진 학대를 끈기 있게 참는 자.

—모든 살아 있는 것에 연민을 보내는 자.

이런 사람을 일러 성자라 하느니라.

— 붓다. 자설경

06

업(業 Kamma)은 어떻게 만들어 지는가?

업은 어떻게 만들어 지는가?

업(業 Kamma[빠알리어], Karma[산스트릿에])이란 일체의 선행과 악행은 그 결과가 현생은 물론 내생에도 미친다는 원리이다. 이를 확장하며 완곡한 의미로 사용하면 업은 운명 또는 팔자이기도 하다. 사람은 자기 운명의 설계자이며 자기가 뿌린 대로 거둔다.

이처럼 물질적, 정신적 세력은 이를 주재하는 영원한 잠재적 주체나 영혼 없이 서로 결합하여 흩어졌다가 다시 결합하기를 반복한다. 생명의 수레바퀴인 이 생성의 과정은 원인인 갈애와 존재를 향한 욕구가 완전히 사라지지 않는 한 무한히 반복한다. 생명의 수레바퀴를 굴러가게 하는 것은 이 갈애인데 갈애는 행위로 나타나며 실질적으로 이것은 의도 또는 의지력이다. 이 의도가 생명을 낳게 하는 원인이 된다.

행위는 반드시 결과를 낳는다. 원인이 앞서고 결과가 그 뒤를 따른다. 그러므로 업은 '인과율(因果律)의 법칙'이라 할 수 있으며 사람은 그의 행위에 따른 자기 운명의 주인이며, 과거의 아들이요 미래의 아버지라 할 수 있다.

업의 법칙은 왜 모든 사람들의 생각이 모두 다르고 외모가 각양각색이며 경험에 대한 반응이 서로 다른가를 설명한다. 우리는 과거 수많은 행위를 이루어 왔으며 이것이 정신적 성향으로 남아 현재 다양한 결과로 나타나는 것이다.

인간이 겪는 괴로움의 근저에는 무지(無知 또는 無明)가 자리를 잡고 있어 이 무지가 갈애를 낳고, 갈애가 업력을 낳는다. 업의 법칙에서 보면, 창조자(神) 자체가 안고 있는 불평등의 비극은 합리성을 결여하고 있다. 예를 들면, 뇌성마비 어린이와 벙어리, 귀머거리 어린이의 애처로운 모습은 사랑의 신이라는 관념으로는 쉽게 설명이 되지 않는다.

인과율은 논리적이며 창조라는 비극을 합리적으로 설명한다. 업이라는 보편적인 법칙은 우리에게 도전의 기회를 주며 삶 자체를 자신의 운명을 결정짓는 수단으로 이용하게 한다.

한 나라의 법률이 특정 부류의 사람들을 예외로 취급하지 않는 것처럼 업의 법칙은 사람들을 그들의 지성이나 그 외에 다른 특성을 이유로 배제하지 않는다.

■ 현실의 제 문제를 설명하는 업과 윤회

업과 윤회는 다음과 같은 것을 설명해준다.

—괴로움(苦)은 업보라는 점.

—인간의 불평등.

—천재와 절세가인의 출생.

—같은 환경, 같은 외모로 태어난 쌍둥이의 정신적, 지적, 도덕적 소양이 전혀 다른 사례.

—유전적으로 같은 가족 사이에 태어난 아이들의 서로 다른 점.

—부모와 달리 특수한 재능이 있는 사람.

—평균적인 면에서나 지적인 면에서 부모와 자식간의 차이.

—유아의 게걸스러움, 성냄, 시기와 같은 감정의 자연적인 발달.

—첫눈에 좋고 싫음을 가리는 현상.

—사람마다 가진 '쓰레기더미 같은 사악성과 보석 같은 선량성'.

—높은 지성인의 예기치 않은 불같은 분노와 범죄자의 갑작스런 인격개조.

—덕망 높은 부모의 난봉꾼 자식과 난봉꾼 부모의 훌륭한 자식.

—한 사람의 현재 모습은 그의 과거의 결과이며 그의 현재는 미래의 결과로 나타남. 다시 말하면 한 사람의 과거, 현재, 미래는 절대로 같지 않음.

—갑작스런 죽음과 예기치 않던 횡재.

—끝으로 무엇보다도, 비할 바 없는 육체적, 정신적, 지적 품성을 가진 붓다와 같은 전능하고 완전한 정신적 스승의 출현은 업과

윤회로서만 설명할 수 있다.

― 나라다 존자

■ 과거에 행한 행위로 받는 과보

괴로움이 두렵거나 싫으면 드러내 놓고서나 숨어서나 악행을 범
하지 말라. 악행을 범했거나 지금 범하고 있으면 괴로움을 피하
려 해도 피할 수 없다.

― 붓다. 자설경

■ 구제를 위해서 충분하지 않은 한 생애

"이 생에서의 한 생애가 먼 미래 생을 전부 다 결정짓는다면 사람
은 다만 몇 주일만 살지 왜 70, 80살까지 살까?"

몇 주일만 사는 사람은 80살까지 사는 사람보다 영원한 고통을 받
을 위험이 적기 때문이다. 몇 주일만 사는 사람은 지적 능력과 이
해력을 완전히 발전, 성숙시킬 수 없지만 살다보면 어쩔 수 없이
만나는 많은 함정과 유혹은 모두 만나지는 않는다.

■ 나중에 나타나는 악과

악행을 범할 때 달콤한 맛을 느끼겠지만
악한 과보를 만나서야 불같이 뜨거운 괴로움을 맛본다.

― 붓다. 장부

■ 업과 전깃불

보이지 않는 전기 에너지가 밖으로 나타난 것이 전깃불이듯이 우리 생명 존재는 보이지 않는 카르마의 에너지, 즉 업력이 밖으로 나타난 것이다. 전구가 깨어지면 불은 꺼지지만 전류는 그대로 남아 전구만 바꾸면 전깃불은 다시 온다. 전구는 부모가 주는 육체에, 전기 에너지는 업력에 비유할 수 있다.

이와 마찬가지로 업력은 육체가 죽어 흩어져도 아무런 방해를 받지 않고 그대로 남아 임종시 의식의 흐름은 다른 출생인 새로운 육체로 이전된다.

■ 시작도 끝도 없는 카르마

업을 어떤 세력이나 에너지의 형태로 이해한다면 우리는 업은 시작이 없다는 것을 알 수 있을 것이다. 업이 비롯된 곳을 묻는 것은 전기가 어디에서 비롯되었는가를 묻는 것과 같다. 업은 전기처럼 '시작'된 곳이 없다. 어떤 조건 하에서 나타난다.

전통적으로 업의 시원은 의도(意圖, 또는 意慾, 意志)라고 말하고 있으나 이는 전통적으로 강물의 시원은 산 정상이라고 하는 것과 같다. 그러나 깨달음을 얻으면 업력은 소진(業盡)된다. 그러므로 개개의 업은 시작이 없지만 끝은 있다.[14]

---

14) 업력이 육체와 함께 소진된 현상을 무여열반(無餘涅槃)이라 한다. 이에 대해 살아 있는 동안 깨달음을 얻어 업력이 소진된 상태를 유여열반(有餘涅槃)이라 한다. 열반의 경지에 대해서는 소부(小部)경전, 자설경(自說經) 중의 제8품(파타릭촌인품)의 3에 간접적으로 설명되어 있다.

■ 전생을 기억하는 사람들

사람들 중에는 전생을 기억하는 사람이 있지만 대부분의 사람들은 전생을 기억하지 못하며 다음과 같은 사람들이 그러하다.

— 어린아이 때 죽은 경우

— 노쇠하여 죽은 경우.

— 마약이나 약물에 심하게 중독 된 경우.

— 태아 때 임신부가 질병이 있었거나, 심한 육체노동을 했거나, 경솔하고 무모한 행위를 한 경우.

— 임신 3개월 이상의 태아가 머리를 맞거나 놀라는 경우.

■ 공덕을 통한 열망

— 세속적 행복을 열망하여 행한 공덕 있는 행위는 최하의 것이고

— 자기 구제를 열망하여 행한 공덕 있는 행위는 중급의 것이며

— 타인을 위한 열망으로 행한 공덕 있는 행위는 최상의 것이다.

■ 업설(業說)의 목적

불교의 업에 대한 교리는 운명론을 설명하고 있는 것이 아니며 사후 세계의 정의를 주장하는 것도 아니다.

이기적 동기라고는 전혀 없는 붓다는 이 업의 법칙을 부자를 옹호하고 가난한 사람에게 사후 세계의 행복에 대한 환상으로 위로하기 위해 가르친 것이 아니다.

— 나라다 존자

■ 유일하게 남는 선 · 악과

물질적 재산은 이 세상을 떠날 때 이 세상에 그대로 남으며 친척과 친구는 죽은 자의 묘지까지만 따라간다.

살아 있는 동안 지은 선 · 악행(業)만 내생까지 따라가서 좋은 과보나 나쁜 과보로 나타난다.

■ 업은 본인의 책임

벗들이여, 그대들의 아름답지 못한 말과 행동, 생각은 그대들의 무지 때문이니라.

그대들의 악행은 부모, 형제, 자매, 친구, 동료가 범한 것이 아니며, 친척, 데바(天神: 타 세계의 수승한 존재), 은둔자와 브라만이 범한 것도 아니니라. 오로지 그대 자신들이 범한 것이며 그 과보도 그대들이 거두리라.

— 붓다. 증지부 1:138

■ 임종시 나타나는 환영

여기 임종을 맞고 있는 사람이 있다. 이 절박한 순간은 방금 꺼져가고 있는 등잔불에 비유할 수 있다. 이 사람에게 현생의 업, 즉 살아 있는 동안 행한 선하거나 악한 행위와 죽음 바로 직전의 업은 그의 마음에 업의 표상(業取相, 혹은 業相 gati nimitta, kamma nimitta)으로 나타날 수 있다.

업취상 혹은 업상은 어떤 모습, 소리, 냄새, 맛, 촉감, 관념의 재현이거나 상징으로 이것은 살아 있을 동안 그의 활동을 지배했던 것들이다. 이처럼 도살인은 칼이나 죽어가는 짐승을 보고, 친절한 의사는 환자가 그에게 오는 것을 보며, 신앙심 깊은 신자는 기도의 대상을 본다.

업취상은 '운명의 상징', 또는 다시 태어날 곳의 상징이다. 이러한 운명의 예고적 환영은 불, 숲, 산악지대, 모태, 천계 등의 형태로 나타날 수 있다. 내생의 징표가 나타날 때, 그것이 나쁜 것이면 수시로 교정이 가능하다.

전파가 공중에 송신되면 수신시설이 있는 곳에서 즉시 송신 내용이 재생되듯이 인간의 재생도 태어날 곳이 어디든 죽음이 끝나는 순간 즉시 이루어진다. 정신 에너지의 흐름은 즉각적[15]이어서 어느 형태로든지 중간 형태를 거치지 않는다.[16]

죽은 자의 정신(마음)은 다시 태어날 적당한 곳을 찾기까지 임시로 어느 곳에 머문다는 주장이 있으나 근본불교 경전은 이를 지지하지 않는다. 어느 일파의 주장에 의하면 죽은 자는 49일이 되는 7주 동안 중간 상태의 존재로 머문다고 하나 이것은 붓다의 가르침에 어긋나는 견해이다.

---

15) 정신의 흐름이란 마음의 작용을 말하는데 마음작용 역시 조건 발생적이며 근본불교 논장(論藏 Abhidhamma)에 의하면 작용 속도가 광속을 훨씬 능가한다고 한다.
16) 소위 대승불교에서는 인간의 생과 사의 존재 양식을 사유(四有: 本有[살아 있는 동안], 死有[죽는 순간], 中有[죽어서 다시 태어나기까지의 순간], 生有[태어나는 순간])를 들어 설명하고 중유의 기간은 49일이라 한다. 죽은 사람을 위해 49재(遷度齋)를 지내는 이유가 여기에 있다. 본문은 이 중유를 부인하고 있는 것이다.

■ 인과법칙

불교는 마음이 물질과 생명의 파생물이 아니며 전기적, 화학적 에너지로 나타나는 단순한 물질변화의 산물도 아니라고 가르치고 있다. 그것은 인과법칙의 결과이다.

■ 업이 되는 의도적 행위

비구들이여, 나는 단언하건데 의도가 업이니라.
행동(身)과 말(口), 생각(意)으로 의도를 나타내고 행위를 행하면 업(三業)이 되느니라.

— 붓다. 증지부 II:82

■ 상벌이 아닌 인과율

불교인은 업의 원리를 믿는다. 업이란 상벌이 아니라 자연적으로 작용하는 인과율이다.

■ 죽음 뒤에 따르는 것

육체에 있는 세균, 박테리아, 바이러스는 우리가 죽으면 육체에서 사라지지만 마음속에 쌓여 있던 탐욕, 증오, 무지는 사라지지 않고 죽는 순간의 의식에 함께 따라간다.

■ 열매로 알려지는 나무

좋은 나무는 썩은 열매를 맺지 않고, 썩은 나무는 좋은 열매를 맺

지 않는다. 가시나무에서 무화과를 얻을 수 없고 엉겅퀴에서 포

도를 얻을 수 없나니 나무는 그 열매로 알려 지느니라.

— 예수 그리스도

07
현명한 처신

현명한 처신

사람들을 대할 때 염두에 두어야 할 것은 우리는 논리적인 사람들과 접촉하는 것이 아니라는 사실이다. 우리가 접촉하는 사람들은 감성을 가지고 있으며 선입견이 가득 차고 자존심과 허영심으로 우리를 대한다.

공자(孔子)는 '자기 집 마당에 쌓인 눈은 그대로 두고 남의 집 지붕에 쌓인 눈을 탓하지 말라'고 말한 적이 있다.

비판은 위험한 불티이다. 자존심이라는 화약고를 폭발하게 하는 불티가 되기 쉽다. 이 폭발은 때로는 죽음을 재촉한다.

아테네의 소크라테스는 대머리에 맨발로 거리를 다니고 40세 때 19세의 처녀와 결혼했지만 명망이 있는 사람이었다.

그는 역사상 위대한 업적을 남긴 몇 안 되는 인물 중의 한 사람이었다. 인간의 전반적인 사고방식을 극적으로 바꾸어 놓았으며 그의 사후 2,500년이 지났지만 말 많은 이 세상에 영향을 미친 가장 현명한 인간 설득자의 한 사람으로 존경받고 있다.

그가 취한 방법은? 그는 남의 과오를 지적하지 않았다. 천만에! 그는 결코 그런 사람이 아니었다. 그런 어리석은 방법은 취하지 않는 아주 현명한 사람이었다. 그가 취한 대인 응대기법은 '그렇지, 그럼'하고 응대하는 소위 '소크라테스 방식(産婆術)'이었다. 상대방이 긍정하지 않을 수 없는 질문을 했고 언제나 상대방을 굴복시켜 '그렇습니다'를 연발하게 했다. 앞선 질문으로 인해 상대방이 자기의 과오가 극명하게 들어나고 있다는 결론에 도달했음을 짐작하지 못하고 있는 동안에 질문을 계속했다. 다음부터 우리는 상대방의 약점이나 과오를 들어내어 이야기 할 때 맨발의 소크라테스를 기억하여 상대방이 '그렇지, 그럼'이라고 응답하도록 품위 있는 질문을 하도록 하자.

만고불변의 동양의 옛 지혜가 담긴 다음과 같은 중국의 격언이 있다. '천천히 걷는 자가 멀리 간다.' 중국 역사 오천년 동안 그들은 인간의 본성을 깊이 탐구하여 위와 같은 통찰력 있는 격언을 많이 쌓아두고 있다.

■ 자선함의 모금액 할당

종교가 다른 세 종교단체가 모금한 돈을 그들의 성소에 각각 할당할 방법에 대해 토론하고 있었다.

첫째 단체가 제의하기를 모금함을 열고 난 후 바닥에 원을 그려서 동전을 공중에 던져 동전이 원 안에 떨어지면 신에게 바치고 원 밖으로 떨어지면 다른 용도에 쓰자고 말했다.

둘째 단체가 제의한 방법은 바닥에 선을 그려서 동전을 공중에 던져 동전이 오른 쪽으로 떨어지면 신에게 바치고 왼 쪽으로 떨어지면 다른 용도에 쓰자는 것이었다.

세 번째 단체는 동전을 던질 때 팔을 비틀어 던진 사람이 원하는 쪽으로 떨어지게 할 수 있기 때문에 두 가지 방법을 다 믿을 수 없다고 말했다.

세 단체가 생각하고 있는 할당방법의 공통점은 동전을 공중에 던진 것은 신에게 속하고 땅으로 떨어진 것은 그들에게 속한다는 것이다.

■ 지도자의 검소

인도의 지도자, 마하트마 간디는 언제나 열차의 삼등칸을 타고 여행했다.

어떤 사람이 물었다. "선생님께서는 인도의 지도자이십니다. 왜 삼등칸을 이용하십니까?". 간디는 "사등칸이 없으니까 삼등칸을 이용합니다." 고 대답했다.

■ 아직도 익혀야 할 단순한 행동

우리는 새처럼 하늘을 날고, 물고기처럼 물을 헤엄쳐나가고 있다. 그러나 아직도 우리가 익혀야 할 것은 형제자매처럼 함께 걷는 단순한 행동이다.

— 마틴 루터 킹 목사

■ 확신을 가진 선량한 행위

우리가 믿을 수 있는 행운의 별이란 없으며 인도해 주는 불빛도 없기에 우리는 선량하고 공정하며 정의로워야 한다는 것을 알고 있다.

■ 노력의 대가

남이 찾아준 것보다 스스로 찾아낸 것이 항상 기분이 더 짜릿한 법이다.

그것은 마치 연애와 중매결혼과의 차이와 같다.

— 테렌스 퍼어티

■ 하기 어려운 일

선량한 사람에게 선행은 쉽고, 악한 사람에게 선행은 어렵다.

악한 사람이 악행을 하는 것은 쉽고, 선량한 사람에게 악행은 어렵다.

— 붓다. 자설경

■ 단출한 생활

우리는 살면서 일하고 꿈을 가진다. 모두가 조그마한 계획을 가지고 때로는 웃고, 때로는 울고, 그래서 세월은 흘러간다.

■ 값진 올바른 생활

축복받을지니─남을 해치지 않고 생계를 이어가는 사람들이여.

— 붓다

■ 버려야 할 지나친 집착

이것은 내 것, 저것은 네 것이라 말하지 말고, 이것은 네게 온 것, 저것은 나에게 온 것이라 말하라. 영광스러운 모든 것은 사라지기 마련이니 그러므로 우리는 노을지는 석양을 탄식하지 않는다.

■ 쉬운 인생살이

인생이란 사람들 간에 서로들 어렵게 살 것이 아닌 바에야 무엇을 위해 살아가는 것인가.

— 죠지 엘리어트

■ 겸손은 훌륭한 인품

열매를 많이 연 나무는 항상 밑으로 구부러진다. 마찬가지로 그대가 훌륭하게 되기를 바라면 자세가 겸손하고 유순해져야 한다.

— 스리 라마크리슈나

■ 행동 전의 숙고

"무얼 생각하고 있느냐? 라훌라야, 거울은 왜 들고 있느냐?"

"저를 비추어 보기 위해서입니다, 스승님."

"그와 같이 몇 번이고 비추어 살펴보아야 하느니라. 행동하고 말하고 생각이 날 때마다 몇 번이고 비추어 되살펴보아야 하느니라. 무엇을 하든 그것이 너나 남에게, 혹은 너와 남 모두에게 해가 되지 않는지 되살펴 보고 만약 그러하다면 그것은 악행이며 고통을 낳고 고통으로 이끄는 길이 되느니라. 되살펴 보고 하지 말아야 할 것이라고 생각되면 결코 그러한 행동을 하지 말아야 하느니라.

그러나 되살펴보고 그것이 악행이 아니고 선행이라면 실행해도 되느니라."

— 붓다. 중부 1:415

■ 자신에게 엄격할 것

먼저 자신에게 엄격하라. 그리고 남에게 가르쳐라. 이와 같이 훌륭한 사람은 남의 비난을 받지 않느니라.

— 붓다. 장부 158

■ 자연 개발의 위험성

자연 개발을 많이 하면 할수록 앞으로 우리는 생존을 위한 투쟁 외에는 다른 선택의 길이 없다.

■ 선행에 불가피한 희생

위대한 업적은 희생 없이 이루어지지 않는다.

— 스와미 뷔베카난다

■ 부끄러워함(慚)과 두려워함(愧)은 인간성의 기본

부도덕한 행위를 한 것을 부끄러워하고, 악행을 범한 것을 두려
워하라.

— 붓다

■ 버려야 할 독단적 견해

소위 사문[17], 바라문이라는 사람들은 자신의 독단적 견해에 깊이
집착되어 있나니, 사물의 한 면만 보는 사람은 싸움과 논쟁에 말
려든다.

— 붓다. 자설경

■ 원인에 따르는 자연스러운 결과

모든 덕행에는 그에 어울리는 보답이 있고 모든 악행에는 그에 합
당한 징벌이 있다. 상벌은 저절로 찾아오는 것이기에 인간이 제
어할 수 없는 결과이다.

— 나폴레온 힐

---

17) 바라문이 아닌 일반 수행자. 당시 인도에는 전통에 따라 바라문이 아닌 자도 출가수행을
했었는데 이들을 사문이라 한다.

■ 사람마다 다른 동기

—남의 이익을 생각하지 않고 자신의 이익을 생각해서 일하는
　사람

—자신의 이익은 생각하지 않고 남의 이익을 생각해서 일하는
　사람

—자신의 이익도 남의 이익도 생각하지 않고 그저 일하는 사람

—자신의 이익과 남의 이익을 생각해서 일하는 사람

— 붓다

■ 먼저 생각해야 할 일

자기의 권리만 생각하지 말고 옳은 일인지 아닌지를 먼저 생각
하라.

■ 행복의 비결

행복의 비결은 좋아하는 일을 하는 것이 아니라, 하고 있는 일을
좋아하는 것이다.

— J. M. 베리

■ 시간이 없어도 일은 이룰 수 있는 법

무엇을 하려면 시간이 없다. 그러나 하려면 어떻게든 해낼 수
있다.

— 찰스 벅스톤

■ 죽어서 가지고 가는 것

자신을 귀하게 여기는 자 악행을 범하지 않나니,

악행으로 얻는 즐거움은 구할 것이 되지 않으니라.

'종말'을 고하는 죽음의 일격을 받고 생명을 잃으면

재산이 무슨 소용 있으며 무엇을 가져 갈 것인가?

그림자가 사람을 떠나지 않듯 죽어 따르는 것은 무엇인고?

지금 이 생에서 지은 선행과 악행 모두

죽어 가져가게 될 진정한 재산이니라.

지은 업 언제나 따르나니, 사람을 떠나지 않는 그림자처럼—

그러므로 내생을 위해 선행을 쌓아야 하느니,

이 생에서 행한 선업 이 생을 마친 자에게 큰 도움이 되느니라.

— 붓다. 증지부 III. 1:4

■ 한번에 한 가지일 만

많은 일을 처리하는 가장 확실한 방법은 한 번에 오직 한 가지 일만 처리하는 것이다.

■ 자기발전

인간성 향상을 가져온 여러 가지 일들은 본인 스스로 한 것이지 남이 해준 것이 아니다. 자기발전은 스스로의 노력으로 이루어야 한다.

150

■ 지혜로운 자만 건너는 다리

다리를 만든 자는 늪지를 뒤로 하고 홍수의 강을 건넌다. 사람들이 뗏목을 만드는 동안 지혜로운 자는 이미 다리 건너편에 있다.

― 붓다. 자설경

■ 인간은 기성품이 아님

현재의 한 인간은 수만 가지 생각과 행위의 결과이다. 그는 기성품이 아니라 항상 다른 것으로 변해간다. 그의 사고방식이 그의 인격을 결정한다. 인간은 본래 완전하지 않으므로 완전을 향해 수양을 해야 한다. 한 인간의 현재의 그는 그가 아니며, 그가 아닌 그이다. 이것은 인간이 오늘 하는 행위는 과거 행위처럼 행동하지 않음을 의미한다.

■ 먹을 때의 마음 챙김

음식을 먹을 때 천천히 먹으면서 몸이 하는 말에 귀를 기울여라. 눈이나 혀가 아니라 위장이 말을 하게 하라.

― 잭 콘필드

■ 타인의 악행 외면에서 오는 위험

이 세상은 살기가 너무 위험한 곳인데 그것은 악한 사람들 때문이 아니라 타인의 악행을 수수방관하고 있는 사람들 때문이다.

― 알버트 아인슈타인

■ 분노한 자의 경솔

분노하고 있는 자가 입을 열 때 눈은 저절로 감긴다.

■ 지혜로운 자만 얻는 천상의 지복

두 가지—선행과 정견—를 가지는 지혜로운 자, 죽어 육신이 이 세상에서 사라질 때 천상에 다시 태어난다.

— 붓다. 여시어경

■ 몸의 반쪽만 가리는 이유

마하트마 간디가 영국을 방문했을 때 어떤 사람이 그에게 물었다. "왜 상반신의 반쪽만 가립니까?" 이에 간디는 다음과 같이 대답했다. "우리나라에 생산되는 직물을 공평하게 나누면 내게 돌아오는 게 이것뿐이오."

그가 옷을 이렇게 입는 뜻을 모르는 사람들은 그를 반 벌거숭이 '파킬(거지)' 이라는 별명을 지어 주었다.

■ 모두를 즐겁게 할 수는 없는 일

모두를 즐겁게 만들어 보라. 한 사람도 즐겁게 할 수 없을 것이다.

■ 이론보다 실천

단 1킬로그램의 실천은 1톤의 이론보다 값지다.

— E. F. 슈막허

■ 헤어나기 힘든 것

습관은 푹신하여 들어가기 쉬우나 빠져 나오기 어려운 이부자리
와 같다.

■ 득보다 실이 많은 탐욕

탐욕스러운 사람은 언제나 얻는 것보다 잃는 것이 많다.

■ 아무도 아닌 그 누구

해야 할 중요한 일이 있어, 누군가 그걸 할 것이라 모두 믿었네.

누구나 할 수 있었지만 아무도 하지 않았네.

이에 화가 난 사람이 있었네, 그게 모든 사람의 일인 데라고.

그러나 아무도 안하리라고는 아무도 몰랐네.

누군가 했어야 할 일, 아무도 안했기에,

모두가 누군가를 비난하며 끝났네.

■ 옳고 그름의 기준

칭찬받았다는 이유만으로 옳은 것이 아니며, 비난받았다는 이유
만으로 그릇된 것이 아니다.

■ 원인과 결과

악의 씨앗을 뿌린 자 후회의 수확을 거둔다.

— 아랍 격언

■ 존경은 베푼 자에게

베풂을 받아 존경 받은 사람 없고, 베푼 자 존경을 받는다.

■ 주는 방법, 후회하지 않는 방법

망설이지 않고 주는 방법, 후회 없이 잃는 방법, 비굴하지 않게 얻
는 방법을 배워라.

— G. 샌드

■ 무엇인가가 잘못되어 간다는 느낌

비난, 트집, 비판, 모욕은 불쾌하고 고통스러운 것이지만 우리의
과오와 취약점을 바로 잡을 생각을 하도록 지적해준다. 육체적
고통, 두통, 감기와 열 같은 불쾌한 느낌 역시 고통이지만 이것은
병이 아니다.

이런 고통스런 느낌은 우리 육체 어딘가가 나쁜 곳이 있음을 알리
는 것에 지나지 않으며 건강생활을 위한 주의사항을 경고하는 것
이다. 그러므로 이런 불쾌한 상황을 싫어할 것이 아니라 우리의
친구로 생각해야 한다.

■ 과거를 반복하지 않는 곳에 있는 진전

우리가 진전하고자 한다면 역사를 되풀이 하지 않고 새 역사를 만
들어야 한다.

— 마하트마 간디

■ 구원이 필요한 신

인류 역사 최초로 붓다는 살아 있는 것들을 해치지 말 것을 사람들에게 권고하고 간청하고 호소했으며, 신에게 기도하고 경배하며 희생물을 바치는 것은 필요 없는 일이라고 말했다. 붓다는 사람을 감동시키는 강력한 웅변으로 신 역시 구원을 받아야 할 긴박한 필요가 있음을 열렬히 주장했다.

■ 불교인이 금해야 할 다섯 가지 거래

무기거래, 인간거래, 육류거래(도축을 위한 사육과 판매), 주류거래, 독극물거래의 다섯 가지이다.

■ 믿지 않는 것을 남에게 권유하지 말 것

자기가 믿지 않는 것을 말이나 행동으로 남에게 권유할 수 없다.

— 나폴레온 힐

■ 늦다는 것은 없는 법

무슨 일이든 시작하면 늦다는 법은 없다.

— 죠지 엘리어트

■ 역사를 만들어 가는 것

훌륭한 예언자는 역사의 뒤편에 서서 역사를 만든다.

— 라다크리슈난 박사

155

■ 진리를 알고 진리를 위하는 삶

진리를 아는 사람은 진리를 사랑하는 것을 알고, 진리를 사랑하는 사람은 진리로 사는 것을 안다.

■ 네 종류의 사람

―암흑에서 암흑으로 치닫는 사람, 그는 더욱 악행을 범하며 비참한 인생을 산다.

―광명에서 암흑으로 치닫는 사람, 그는 전생의 선업으로 금생에서 행복을 누리면서 악행을 범한다.

―암흑에서 광명으로 치닫는 사람, 그는 금생의 괴로움이 전생의 악업 때문임을 알고 수행에 힘쓰며 내생을 위해 고귀한 삶을 산다.

―광명에서 광명으로 치닫는 사람, 그는 현생을 행복하게 살면서 내생에서의 더 많은 행복을 위해 공덕을 쌓는다.

― 붓다. 상응부 1:93

■ 현상의 조건에 대한 명상

일체는 서로 의지해 있어, 홀로 존재하는 것은 아무것도 없음이라, 이를 아는 자, 요술처럼 나타나는 대상에 현혹되지 않으리.
적대자든 친구든 온당하지 못한 행위를 하는 것을 보아도 평온하여 이것은 이러하고 저러한 조건으로 나왔음을 스스로 아네.

― 샨티데바

■ 가난한 자를 돕는 방법

가난한 자를 위해 할 수 있는 최상의 일은 스스로 가난한 자가 되지 않는 것이다.

■ 없어지지 않는 과보

우리가 행한 행위의 결과는 뒤늦게 나타날 수는 있어도 결코 없어지지 않는다. 선행에 당연히 보상이 따르고 악행에 징벌은 피할 수 없다. 이 진리를 숙고하여 운명에서 항상 좋은 보상을 찾도록 하라.

— 우 밍 푸

■ '불가능' 은 어리석은 자의 용어

'불가능' 이라는 용어는 어리석은 자의 사전에서만 찾을 수 있는 용어이다.

— 나폴레옹 보나파르트

■ 최상의 인간

—누구에게나 배우는 사람은 지혜로운 사람이다.

—자기의 감정을 극복하는 사람은 강하다.

—자기의 분수에 만족하는 사람은 부자이다.

—친구를 존경하는 사람은 존경을 받는다.

— 유대인의 격언

■ 남을 자신처럼 대할 것

우리의 행동규범은 남이 나에게 하기를 바라지 않는 것처럼 남에게 하지 않는 것이다.

— 공자

■ 미덕은 습관

개성이란 반복행위 그 자체이다. 그러므로 미덕은 행위가 아니라 습관이다.

— 아리스토텔레스

■ 귀 기울여야 충고

자기 자신보다도 더 현명한 충고를 줄 사람은 아무도 없다. 자기 자신의 제의에 귀 기울이면 결코 실패하지 않으리라.

— 시세로

■ 이기는 법

거만한 태도는 사람의 마음을 잃으나 예절바른 말씨는 사람의 마음을 얻는다.

■ 인생을 살아가는 방법

벌어서 생활하고 베푸는 것을 인생으로 삼는다.

— 윈스톤 처칠

■ 홀로 우는 울음
당신이 웃으면 세상은 함께 웃지만 울 때는 혼자서 운다.

— 세익스피어

■ 윤리
윤리는 성장 최고 단계에서의 인생 경영이다.

— 알버트 슈바이처

■ 기본은 겸손
겸손은 모든 덕성의 굳건한 기초이다.

— 공자

■ 현실적일 것
할 수 있는 것을, 가진 것으로, 현재의 처지에서, 하라.

— 테오도르 루즈벨트

■ 이성
총명한 사람은 이성으로 다스리고, 바보는 곤봉으로 다스린다.

■ 이웃을 정성으로 대할 것
이웃을 사랑하라, 그러나 담장은 낮추지 말라.

— 중국 속담

■ 낙관주의자와 비관주의자

낙관주의자는 웃어서 잊어버리고 비관주의자는 웃음을 잃는다.

■ 일 미루기

하기 쉬운 일을 하기 어려운 일로 보이게 하려면 그 일을 계속 미루라.

— 오린 밀러

■ 바보 취급

한 사람은 언제든지 몇 사람을 바보 취급할 수 있고, 모든 사람이 때로는 몇 사람을 그렇게 할 수 있으나 한 사람이 언제든지 모든 사람을 바보 취급할 수는 없다.

— 에브라함 링컨

■ 주목해야 할 적대자

적대자에게 주의를 기울이라. 그는 당신의 과오를 제일 처음 발견하기 때문이다.

■ 훌륭한 사람과의 교유

자기의 명성을 생각하면 훌륭한 사람들과 교유하라. 사악한 무리 속에 있느니 차라리 혼자 있는 것이 낫다.

— 죠지 워싱톤

■ 진정한 행복을 얻는 방법

마음을 깨끗이 하고 지혜를 얻으면 기쁨과 지복, 평온과 알아차림, 완전한 이해, 즉 진정한 행복을 얻는다.

— 붓다. 자설경

■ 적당하지 않은 날

요즘 어느날은 요즘의 아무 날도 아니다.

— 헨리 죠지 본

■ 보름달처럼 빛나는 아들

슬기로운 사람은 자기보다 훌륭하거나 자기와 같은 아들을 바라고

가문을 더럽히는 못난 아들을 원하지 않으나,

믿음과 덕성이 뛰어난 더 훌륭한 아들이 있나니,

그는 집착을 버려 인자하여 많은 무리가 따르니

구름을 벗어난 보름달처럼 무리 속에 빛나네.

— 붓다. 여시어경

■ 잊어야 할 두 가지 일

잊어야 할 두 가지 일이 있으니,

남에게 베푸는 당신의 선행과 당신에게 행하는 남의 악행이다.

— 사이 바바

■ 유혹 뿌리치기

유혹을 피하려고 애쓰지 말라. 현명해지면 유혹은 당신을 피한다.

■ 악행은 피할 수 있는 것

악행은 피할 수 있는 것, 버려야 하나니,

악행이 피할 수 없는 것이면 악행을 피하라 하지 않을 것,

악행은 피할 수 있는 것이기에 이를 피하라 하느니라.

— 붓다. 증지부

■ 남의 보호는 자신의 보호

최대의 보호는 자애이다. 자신을 보호하여 남을 보호하고, 남을
보호하여 자신을 보호한다.(교통신호의 빨간 불빛을 따르라! 나와 남을
보호한다.)

— 잭 콘필드

■ 필요로 하는 사람에 대한 봉사

—당신의 말에 부드러움이 없으면 당신의 애정이 진실일 수 있을
 까?

—남의 약점을 찾는다면 당신은 약점 없고 빈틈이 없는가?

—어떤 사람이 당신에게 올 때 당신은 그에게 가겠는가?

 당신을 필요로 하는 사람에 대한 봉사, 신은 당신을 사랑할
 것이다.

■ 노자의 방식

일을 하되 도모함이 없고, 이득을 취함이 없으며, 작은 것에서 큰 것을 얻고 적은 것에서 많은 것을 얻으며, 위해를 호의로 보답하고, 어려운 일은 쉬울 때 도모하고, 큰일은 시작에서부터 다스리니, 이것이 탕 임금의 방식이다.

— 노자

■ 시작

시작하는 것을 배우자. 이것이 행복의 관건이다.

— 잭 콘필드

■ 한 걸음부터

수 천리를 가는 긴 여행도 한 걸음에서 시작된다.

— 공자

■ 불가능

고귀한 모든 성취는 처음에는 불가능했다.

— 토마스 카아라일

■ 불행

불행은 항상 잊은 채 열어놓은 옆문으로 들어온다.

— 체코 속담

■ 남을 행복하게 하여 얻는 행복

우리 모두가 바라는 목표인 행복은 남을 행복하게 하려고 노력하
는 가운데 달성된다.

— 마하트마 간디

■ 업보

악행이든 선행이든 어떠한 행위도 의미가 있는 것이니,
모든 행위는 마땅히 그 과보가 따른다.

— 붓다. 자설경

■ 겉치레

참으로 무지하구나!
큰 빗장이 무슨 소용 있으며, 옷으로 가린들 무슨 소용 있으랴?
집안(마음속)에 어둠(무지)을 두고서 겉치레만 하는구나.

— 붓다. 자설경

■ 존경

존경은 인생의 중요한 구성요소이다. 남을 존경하지 않는 것은
그를 박대하는 것이다. 모든 사람은 존경받을 가치가 있고 대접
받을 가치가 있다.

— '깨달음을 위한 교훈'에서

08

말은 가려서 하는 것

말은 가려서 하는 것

말이라는 선물은 사람이 가진 얼마나 독특한 능력인가! 벙어리를 보고서야 우리는 음성이 표현력을 가진 선물이라는 것을 안다. 인간의 음성만큼 표현력이 다양한 악기는 없다. 말을 통해 우리는 의사 소통방법을 찾게 되고 언어를 발전시켰다.

생각을 혀로 실어 담아낼 때 두려워 할 필요는 없지만 주의해야 한다. 생각 없이 아무렇게 뱉어낸 말은 혼란을 일으킨다. 모든 언사와 문장 속에서 우리는 불과 몇 개의 문자밖에 사용하지 않지만 이 몇 개의 문자는 놀랍고도 신기하며 철저한 파멸을 불러올 수 있다.

말로서 잃기도 하고 얻기도 하며, 찬사를 받기도 하고 비난 받기도 하며, 명성을 얻고 적의도 받으며, 행복해지기도 하고 불행해지기도 한다. 온화한 말씨는 때로는 굳은 마음을 녹인다. 붓다는 친절하고도 온화한 말씨로 사악하고 거친 많은 사람들을 유순하게 만들었다.

불쾌한 언사나 조롱 섞인 웃음은 천성이 착한 사람을 범죄인으로 만들고 친구를 적으로 만든다. 말을 할 때 사려 깊고 유순하며 나아가 글을 쓸 때 정확하고 신중하기만 하면 오해와 불화, 원한은 제거되지는 않더라도 조절할 수는 있을 것이다. "수천마디의 말—의미 없는 순전한 수다—보다 듣는 사람을 어루만져주는 뜻 있는 한 마디 말이 더 훌륭하다"고 붓다는 말한 적이 있다.

말 못하는 짐승도 거친 말은 싫어한다. 개에게 따뜻한 말을 해주면 감사의 표시로 꼬리를 흔들고 몸을 뒤흔드는 것을 우리는 알고 있지 않는가!

■ 인간의 발전을 돕는 적극적인 사고

부정적인 사고는 사람을 약하게 한다. 부모들이 아이들에게 공부를 안 하면 아무것도 모르는 바보가 된다고 끊임없이 공부를 무리하게 강요하여도 대부분의 아이들은 이를 외면하는 것을 보지 못했는가?

아이들에게 상냥하게 말하고 용기를 복돋우어 주면 때가 되면 훌륭하게 자라게 되어 있다. 지각 있는 사람의 종교에 있어서도 이와 같다.

사람들에게 적극적인 사고방식을 불어넣게만 할 수 있으면 그들은 성숙하여 자립하게 될 것이다. 말이나 글, 시나 어떤 방법으로든지 사람들의 생각과 행동으로 범하고 있는 과오를 지적할 것이 아니라 이러한 과오를 점차 시정해 나갈 수 있는 방법을 가르쳐 주어야 한다. 과오를 지적하는 것은 감정을 상하게 한다.

— 스와미 뷔베카난다

■ 비판이 나쁜 이유

악의의 비판은 쓸데없는 일이다. 비판받는 사람을 수세로 몰아넣고 그로 하여금 정당화하도록 만들기 때문이다. 비판은 비판받는 사람의 소중한 자존심을 상하게 하고 자기 확신을 해치며 분개심을 자극하기 때문에 위험하다. 비판받는 사람을 비난하고 바르게 잡으려고 하는 사람은 오히려 그로부터 비난받는다는 사실을 기억하자.

■ 자기 자신을 알 것
아무리 악한 사람에게도 좋은 점이 있으며 아무리 선한 사람에게
도 나쁜 점이 있으므로 남의 이야기를 할 필요가 별로 없다.

■ 말과 칼에 의한 상처
말에 의한 상처는 칼에 의한 상처보다 깊다.

— 로버트 버튼

■ 사람의 마음을 흔드는 아첨
우리 대부분은 칭찬과 아첨을 좋아한다. 그러나 이것이 신분과
위세, 개성을 살려 주는지 논쟁의 여지가 있는 의문이다.

— 나폴레온 힐

■ 침묵
나는 침묵의 미덕을 확신하며 이에 대해 수 시간 동안 이야기 할
수 있다.

— 죠지 버나드 쇼

■ 양보할 수 없는 진리
진리를 위해 모든 것을 희생할 수는 있어도
어떤 것을 위해서도 진리는 희생할 수 없다.

— 스와미 뷔베카난다

■ 안해야 할 말

사교술은 하지 말아야 할 말을 아는 재치이다.

— 마태복음

■ 설교자의 자질

설교자가 설교시 제일 먼저 갖추어야 할 것이 있다. 결백성, 논리성, 활기, 성실성은 설교시의 생각과 설교하는 말 속에 갖추고 있어야 할 것들이 아니라 그의 인품 속에 갖추고 있어야 할 것들이다.

— 필립서

■ 지껄이는 앵무새

말 많은 것은 화근이 되며 침묵은 화근을 피한다.
새장 속의 앵무새는 말이 많아 갇히고 말 못하는 새는 하늘을 난다.

— 티벳 속담

■ 아물지 않는 악구(惡口)의 상처

화살의 상처는 치유될 수 있으며 도끼에 찍힌 나무는 다시 잎이 돋으나 쌀쌀한 말씨와 욕설(惡口)로 인한 상처는 결코 치유되지 않는다.

— 마하바라타

■ 말솜씨

말은 연애와 같다. 어떤 바보도 시작은 할 수 있지만 끝맺음에는 기술이 필요하다.

— 맨크로프트 경

■ 논쟁과 일치

논쟁에는 수많은 말이 오가지만 일치에는 거의 말이 없다.

— 칼렌 하이타워

■ 험담

남들이 나에 대해 좋게 말해주기를 바란다면 남의 험담을 하지 말아야 한다.

■ 자신을 내보이는 양설(兩舌)

아는 사람들 사이에 이 말 하고 저 말 하는 것(兩舌)은 자기도 모르게 제 자신의 속마음을 보여주는 것이다.

— 나폴레온 힐

■ 금이 간 물통

물통의 금은 소리로 알 수 있고 사람의 현우(賢愚)는 하는 말로 밝혀진다.

— 디오게네스

■ 말 많은 자

아는 사람은 말이 적고, 아는 것이 적은 사람은 말이 많다.

— 노자

■ 말하기 전에 생각할 것

말이란 뱉으면 듣는 사람에게 감동을 주거나 반감을 주는 씨앗이 될 수 있으므로 말하기 전에 생각해야 한다.

— 나폴레온 힐

■ 진심어린 말

어리석은 자의 마음은 입에 있고, 현명한 자의 입은 그의 마음에 있다.

— 벤자민 프랭클린

■ 입을 다물어야 할 어리석은 자

어리석은 자는 입을 열어 어리석음을 나타낸다.

— 산스크릿트 속담

■ 말이 적어야 할 이유

우리는 두 개의 귀와 하나의 입을 가졌기에 말을 많이 하기보다 듣기를 많이 하도록 되어 있다.

— 디오게네스

■ 누구나 받을 수 있는 비난

사람들은 침묵한다고 비난하고, 말이 많다고 비난하며, 적당히 말한다고 비난한다. 그러므로 이 세상에 비난받지 않을 사람은 아무도 없다.

비난만 받거나 칭찬만 받는 사람은 과거에도 없었고 현재에도 없으며 미래에도 없을 것이다.

— 붓다. 장부

■ 효과적인 언어능력은 습득하는 것

효과적인 언어능력은 타고난 것이라기보다 익혀 얻는 것이다.

— 윌리암 젠닝스 브라이언

■ 위인의 침묵

시냇물은 요란하게 흐르나 큰 강은 고요하게 흐른다.

— 붓다. 상응부

■ 어리석은 자와의 논쟁

어리석은 자와 논쟁하면 그 역시 어리석은 자가 된다.

■ 약점을 드러내는 두 가지 행동

우리의 약점을 드러내는 두 가지 행동— 말을 해야 할 때 침묵을 지키는 것과, 침묵을 지켜야 할 때 말을 하는 것이다.

■ 대화

슬기로운 사람은 할 말이 있기 때문에 말을 하고,
어리석은 자는 지껄여야 하기 때문에 말을 한다.

— 플라톤

■ 효과적인 의사소통

당신이 큰 소리로 떠들어대면 무슨 말인지 나는 알아들을 수 없다.

— 랄프 왈도 에머슨

■ 혀 조심

발은 헛디뎌도 몸의 균형을 잡을 수 있으나 혀를 잘못 움직이면
뱉은 말을 주워 담을 수 없다.

— 프랭클린

■ 토론과 논쟁의 차이

토론은 정보의 교환이고, 논쟁은 무지의 교환이다.

— 워싱턴 포스트

■ 좋은 의사소통과 커피

좋은 의사소통은 블랙커피와 같은 흥분제라 이에 몰두하고 나면
잠을 쉽게 이루지 못한다.

— 앤 모로우 린드버그

■ 지식과 지혜

말을 하는 것은 지식의 영역이고 듣는 것은 지혜의 특전이다.

— 올리버 웬델 홈즈

■ 손과 말

신체의 여러 부분은 말을 하는데 보조수단이 되지만 손만은 그 자체로 말을 할 수 있다.

손으로 묻고, 약속하고, 빌고, 내쫓고, 위협하고, 간청하고, 거절한다. 두려움, 기쁨, 의심, 동의, 또는 후회도 손으로 한다. 손으로 적당하다거나 많음을 나타내고 수와 시간도 나타낸다.

— 퀸틸리안

■ 다투는 이유

이성으로 토론할 수 없을 때 항상 입 다툼이 벌어진다.

■ 현우의 구별

말 한마디로 어리석게도 보이고 영리하게도 보인다. 말을 할 때 참으로 조심해야 한다.

— 공자

■ 조용한 관리자

가장 훌륭한 관리자는 가장 말수가 적다.

— 존 셀든

09

진정한 인간의 정의

진정한 인간의 정의

이 지구를 포함한 별들에 사는 생명의 계층 구조 가운데 인간 존재의 지위는 상대적으로 높다고는 하지만 무수한 별들로 이루어진 우주를 생각하면 별로 의미가 없다. 우리는 인간이기에 지혜를 모은다. 동물은 먹는 것과 자기방어에만 관심을 가지기에 지혜를 얻을 수 없다.

말할 수 없는 극심한 고통을 당하는 지옥에 태어나면 지적발전과 마음 계발을 할 기회가 거의 없다. 극락이나 천당 같은 하늘세계도 이곳에 사는 수승한 존재들은 너무나 안락하여 다음 생을 생각하고 대비하는 데 그들에게 도움이 되지 못한다. 그들에게 생명 존재의 법칙인 삼법인(三法印)—무상(無常), 고(苦), 무아(無我)—을 이해하기 어렵고, 그래서 거듭되는 생과 사의 윤회에 종지부를 찍을 노력을 하지 않는다.

오로지 인간의 지위만이 뛰어난 사고력으로 자신을 보다 차원 높은 존재의 세계로 끌어 올릴 수 있으며 그래서 인간만이 이와 같은 지혜를 얻는 열망을 가질 수 있다. 인간으로 태어난 덕택에 우리는 악을 극복하고 완성에 도달할 수 있는 능력을 가졌다. 인간으로 태어난 이 지상의 생활이 이처럼 중요하기에 붓다도 인간으로 태어나서 불성을 얻은 것이다. 이 지상에서 다른 생명존재에게 봉사하고 그들로 하여금 괴로움과 두려움, 근심에서 풀려나게 하는 자비와 정직, 호의, 그 외의 다른 훌륭한 자질을 함양할 잠재적인 능력을 가진 것은 오로지 인간뿐이기에 인간이 인간을 살해하는 것은 엄청난 죄악임을 말할 필요가 없다.

이와 같이 우리는 인간적 가치를 발전시키고 미래의 생과 해탈에 대비해야 한다. 인간으로 태어나는 것은 참으로 희귀한 일이다.

■ 인간의 정의

—중국 : 인정을 가진 존재.

—그리스 : 이성을 가진 존재.

—인도 : 완전한 영혼을 가진 존재.

—불교 : 마음을 가져 이를 계발할 수 있다는 점에서 가장 뛰어난
　　　　존재.

■ 위인

위인은 가난한 이웃을 자비로 돌보아 준다는 점에서 위대성이 나
타난다.

■ 최종점

온 세상을 다 돌아보고 자기 자신마저 돌아보아도 못다 돌아보고
남은 곳이 있다.

— C. 랭스톤 휴우즈

■ 진정한 인간

—온정이 없으면 인간이 아니다.

—예의범절을 모르면 인간이 아니다.

—수치와 염치를 모르면 인간이 아니다.

—정사(正邪)를 가리지 않으면 인간이 아니다.

— 맹자(孟子)

■ 청정한 생활

인간이 불순하게 된 것은 다른 동물들처럼 육류 섭취를 함께 하기 때문이 아니라 음주, 완고함, 편협성, 사기, 시기, 경멸, 그리고 악의 때문이다.

붓다와 예수는 인간이 불순하게 된 것은 입을 통해 몸 안으로 들어간 음식 때문이 아니라 입에서 나온 것 때문이라고 말했다.

■ 천신(天神 Deva)이 될 수 있는 인간

불교는 인간을 지적 존재로 본다. 인간은 지혜와 권능이 천신도 능가한다.

보살(菩薩 Bodhisattva)[18]은 깨달음(正覺 Bodhi)을 얻기 위해 하늘세계(天界)를 떠나 이 세상에 내려왔다.

천신은 깨달음을 얻기 위한 심청정(心淸淨)을 이룰 능력이 없다. 오직 인간만 깨달음을 얻을 지위에 있다.

■ 사람의 운명

사람의 운명은 초자연적 존재의 변덕에 의해 결정되는 것이 아니라 자신의 말(口業)과 행위(身業), 생각(意業)이라는 삼업(三業)에 의해 결정된다.

---

18) 붓다가 이 세상에 태어나기 전의 존재상태에 대해 부르는 고유명사인 칭호. 대승불교는 모든 사람은 깨달음을 얻을 수 있다는 의미에서 이를 일반명사로 사용하여 보살이라 부르고 있다.

■ 수입 분배방법

생계를 위해 얻은 수입은:

1/4은 식량 조달에 사용하고, 1/2은 책무완수와 일상적 거래에 사용하고, 나머지 1/4은 투자를 하거나 장래를 위해 저축하라.

— 붓다

■ 열 가지 책무

① 부모봉양 ② 자녀양육 ③ 배우자 부양 ④ 부부간의 상호 이해
⑤ 친척 보살피기 ⑥ 노인공경 ⑦ 망자에 대한 종교적 제례
⑧ 천신에 대한 공덕 회향 ⑨ 분수에 알맞는 생활 ⑩ 종교생활

— 붓다, 증지부 10

■ 중요한 확신

대부분의 사람들은 제 나름의 여러 가지 신을 믿고 있다. 그러나 자신에 대한 믿음을 갖지 못하고 이를 운명이라 치부한다.

— 스와미 뷔베카난다

■ 지상에 있는 천국과 지옥

오관을 통해 들어오는 대상이 마음에 들고 좋은 것이면 바로 극락의 지복을 누리는 것이라고 붓다는 말하고 있다.

이와 반대로 대상이 마음에 거슬리고 혼란스러운 것이면 역시 지옥을 맛보는 것이다.

■ 생물학적으로는 약한 인간

생물학적으로 인간은 크든 작든 다른 동물들에 비해 약하다. 다른 동물들은 방어와 생존을 위한 어느 정도의 무기를 가지고 태어나지만 인간은 마음 외에 가진 것이 없어 마음을 무기로 사용하지 않을 수 없다.

인간을 계몽된 존재로 볼 수 있는데 그것은 다른 존재들을 해치는 것이 아니라 이들과 공존해야 한다는 것을 의미하기 때문이다.

■ 유엔 헌장

인류 공동체가 실패한 것은 유엔 헌장 때문이 아니라, 유엔 헌장에 따른 각국의 책임 있는 행동이 따르지 않았기 때문이다.

— 우 탄트[19]

■ 가장 사악한 적

인간이 인간에 대해 가장 사악한 적이다.

— 시세로

■ 가장 향긋한 이름

우리에게 붙여진 인간이라는 이름은 가장 향긋하고도 중요한 이름이라는 것을 기억하자.

---

19) 미얀마 출신 전 유엔 사무총장.

■ 걱정 많은 인간

인간은 살아나갈 걱정을 많이 하는데 이 점에 있어서 다른 생명존재는 자유롭다.

■ 내 안에 있는 세상

나는 천명하노니 마음과 지각, 그리고 이 한 길 몸뚱이 속에 이 세상과 이 세상의 나타남, 이 세상의 사라짐, 그리고 이 세상의 사라짐에 이르는 길이 있느니라.

— 붓다

■ 인류의 운명

인류의 운명은 인류에 의해서만 결정된다.

— 알버트 슈바이처

■ 인간의 갈애에 대한 붓다의 분석

인간은 감각적 쾌락을 탐닉하는 데 다른 어떤 생물 존재보다 더 이기적이다. 인간은 다른 존재의 안녕이나 다른 종의 절멸을 무시하고 이 세상의 삶과 감각적 쾌락을 누리며 쾌락을 오래 누리기 위해 장수까지 바란다.

필요 이상으로 식량을 저축하는 것은 인간뿐이라고 한다. 다른 동물들은 생명을 유지할 정도만 취하고 그 이상 필요치 않은 것은 다른 것들을 위해 남겨둔다.

■ 우리들 안에 있는 것
우리들 앞에 있는 것이나 뒤에 있는 것은 우리들 안에 있는 것에 비하면 아주 사소한 것들이다.

— 랄프 왈도 에머슨

■ 인간과 동물의 구별
음식과 수면에 대한 욕구, 두려움과 섹스는 모든 살아 있는 존재의 공통적인 적이다. 그러나 인간은 담마(法 Dhamma)라는 면에서 다른 동물과 구별된다. 인간에게 이 담마가 없다면 동물과 같다.

— 히토파데사

■ 인간 연구를 위한 동물원
동물원은 동물을 통하여 인간의 습관을 연구하기 위해 만들어진 것이다.

— 올리버 허포드

■ 이 세상의 짐이 되지 말 것
당신은 선행을 하기 위해 이 세상에 태어난 것이지 할일 없이 시간을 보내기 위해 태어난 것이 아니다. 게으른 자는 이 세상의 짐이 된다. 선행과 지혜로 높이 솟아오를 것을 항상 생각하라. 당신을 이 세상에 태어나게 한 공덕의 가치를 스스로 증명하지 못하면 인간으로 태어난 특권을 남용하는것이 된다.

■ 사람과 우주

우주는 사람 안에서 찾을 수 있으며 사람 밖에서는 그 어떤 것도 찾을 수 없다.

— 맹자

■ 만사는 사람 안에

이 세상에 일어나는 일 치고 사람 안에서 일어나지 않은 일이 없다.

—C. 융

■ 중요한 인간성

당신의 진정한 재산은 당신이 가진 재물로 평가되는 것이 아니라 당신의 인간성으로 평가됨을 기억하라.

— 나폴레온 힐

■ 죽은 뒤에 남기는 것

인간이 이루어낸 이 세상의 발전은 인간은 죽는다는 것을 아는 사실과 죽은 후에 자기의 표지를 세상에 남기기를 바란다는 사실에 기인한다.

■ 무익한 인간

호사스러운 생활과 비천한 생각은 인간 가치를 떨어뜨린다.

■ 인간의 탐욕

세상은 모든 사람의 수요를 충족시키리만큼 풍부하지만,
단 한 사람의 탐욕을 충족시키기에는 결코 풍부하지 않다.

— 마하트마 간디

■ 무소유

가난한 친척들 속에 섞여 사느니
―야수가 사는 숲 속에서,
―적당히 익은 과일로 연명하며,
―마른 풀로 만든 잠 자리에서 자며,
―나무껍질을 옷을 삼아 입으니 더 편하다.

— 히토파데사

■ 분노에 대처하는 여러 방법

세상에는 세 종류의 사람이 있다.

첫째는 바위에 글을 새기는 사람과 같다. 그들은 쉽게 화를 내고
화가 났던 생각을 오랫동안 지닌다.

둘째는 모래 위에 글을 쓰는 사람과 같다. 그들 역시 화를 내지만
화가 났던 생각이 빨리 사라진다.

셋째는 흐르는 물에 글을 쓰는 사람과 같다. 그들은 흘러가는 생
각을 붙잡지 않는다. 욕설과 거북한 잡담을 귀담아 듣지 않고 흘
러보내어 마음이 언제나 깨끗하고 더럽혀지지 않는다.

■ 인간과 동물

야생동물은 스포츠로 살생을 하지 않는다. 인간은 지상에 함께 사는 동물에게 고통을 주고 죽이는 것을 즐기는 유일한 동물이다.

— 제임스 앤소니 프라우드

■ 속죄 능력

한 인간이 속죄할 수 있다는 것은 항상 주목할만한 큰 특징이었다.

— 레온 유리스

■ 인간의 취약성

자기의 창조물인 인간에게 상을 내리고 벌을 주는 신을 나는 상상할 수 없다. 자신의 모습으로 만들어 놓은 인간, 다시 말하면 인간의 취약성의 반영에 불과한 신을 나는 믿을 수 없다.

— 알버트 아인슈타인

■ 필요한 친구

필요로 하는 친구가 정말 친구이다. 무엇 때문에 친구인가?
다리가 불편할 때 지팡이가 되어주고, 비올 때 우산이 되어주는 친구.
진실한 친구는 인생 최대의 수확이다.

■ 사람 판단

선량한 사람을 보라, 살펴 그를 본 받으라.

사악한 사람을 보라, 역시 살피되 그가 아닌 자신을 살펴라.

— 공자

■ 두 가지 우는 두 경우

이 세상에는 두 종류의 사람들이 있다.

당신이 죽었을 때 우는 사람과, 당신이 그들을 능가 했을 때 우는

사람이다.

— 사이 바바

■ 혼합물의 인간

─인간은 본능뿐인 동물과 정서적 인간, 그리고 심령적 개체의
  이상한 혼합물이다.

─말쑥하게 차려입은 사람을 동물적 본능과 인간적 정서를 순화
  시키는 데 성공한 사람이라고 한다.

─계몽된 사람은 '이기적 자아'를 극복한 사람이라고 한다.

■ 동물의 반응과 인간의 대응

누가 개에게 먹을 것을 주었다. 그것을 뺏으려 하면 개는 '왕 왕'

하고 성이 나서 짖는다. 뺏으려는 사람이 누구든 상관없다. 동물

은 이처럼 반응하는데 인간의 경우는 이에 대응한다.

■ 사람은 자기 운명의 설계자

모든 인간은 자기 운명의 설계자이다.

10
인생의 가치

인생의 가치

우리는 쓸데없는 일로 시간을 낭비하고 있는 줄도 모른 채 어리석게 살아가고 있다. 하루하루조차 충실하게 살아오지 못하면서 미래를 생각하고 다음 해를, 20년 후를 걱정하면서 우리는 매일 매일의 시간을 얼마나 낭비해 왔는가?

인생에 대한 가치관은 변한다. 인생에 있어서 중요한 것은 무엇인가? 우리는 무엇 때문에 살아가는가? 인생을 살아가게 하는 원동력은 무엇일까? 만약 죽음에 대해 진실로 깊이 생각해 본다면 인생의 가치관을 다시 생각해 보게 될 것이다. 재산이란 죽어서 가져갈 수 없는 것이기에 아무리 많아야 별 의미가 없다. 우리의 육신조차도 죽어서 남게 되면 자기 마음대로 못하고 남이 처리해야 하는 것이기에 한 무더기 쓰레기에 지나지 못한다. 게다가 이 세상을 떠날 때는 아주 소중하게 생각해 온 육신의 어느 한 부분조차도 가져갈 수 없다.

인생의 질은 단순한 물질적 획득보다 더 중요하다. 인생의 질이란 주로 마음의 질을 말한다. 오늘 하루를 어떻게 사느냐 하는 것은 많은 외부 사건보다 더 중요하다. 명심해야 할 것은 죽음과 마음의 질은 다시 태어날 내생의 상태를 결정한다는 것이다. 이것

192

하나가 죽어서 남에게 남기지 않은 유일한 자산이다.

죽어서도 우리를 따라 다닐 것은 우리 안에 닦아서 쌓아 놓은 것, 마음의 질, 선악의 질이다. 이것은 우리가 이루어 고스란히 스스로 받는 상속물이다. 이 상속물이 내생의 모습을 결정지을 조건이 되고 이것은 다시 내생의 새로운 가치를 낳게 한다. 우리는 많은 재산을 모아 누리고 살 수 있겠지만 더 중요한 것은 평화로운 마음으로 살면서 여러 가지 덕성을 함양하는 일이다. 이것은 인생을 살아가는 데, 추구하는 인생가치에 아주 훌륭한 영향을 준다. 성공 그 자체가 문제가 아니라 어떻게 성공적인 인생이 되느냐가 문제이다.

■ 생명이란?

생명은 나타남과 사라짐의 일련의 현상이다. 그것은 형성의 흐름
이다.

■ 무소유의 축복

담마(法 眞理)를 배워 익히게 될 때 아무것도 가지지 않는 것이 진
정 지복이 되느니라. 가진 자들은 사람들에게 강하게 구속되어
있기에 보라, 그들의 괴로움을.

— 붓다. 자설경

■ 신성한 생명

생명은 신성하며 적절히 인도되어 소중히 다루고 양육되어야 한
다. 그렇지 않으면 생명은 이 세상에서 저주받은 것이 될 것이다.
평화는 생명에게 필수적이다.
자애와 연민 그리고 모든 것에 대한 배려는 평화를 가져오고 생명
을 살 가치가 있도록 만들어준다.

■ 짧은 인생

인생은 짧으니, 지혜로운 자여, 인생의 즐거움을 구하지 말라. 마
치 정수리에 불이 붙은 양 살아가야 할지니, 죽음은 피할 수 없기
때문이니라.

— 붓다. 상응부 1: 108

■ 인생의 목적을 달성시키는 네 가지 방법

―물질적 부

―호오(好惡)와 쾌·불쾌의 느낌

―탐구와 추론

―정의, 청정, 공정에 기초한 온정적 이해

마지막 방법이 실망을 결코 가져다주지 않는 현실적이고 항구적
인 방법이다.

■ 천상으로 가는 생활

인간은 그가 가진 모든 취약성에서 벗어날 수 있으며 자신의 노력
으로 천상의 생활을 계발할 수 있다고 붓다는 말하고 있다.

■ 실험대상이 아닌 인간

붓다에게는 한 인간의 인생이 쓸모없는 것이 되었을 때 죄인으로
취급해버리는 실험대상이 아니었다.

■ 무상한 인생

인생의 본질을 알지 못하고 우리는 실망과 무상을 겪지 않고 살려
고 한다.

그러나 생명은 가변적이고 무상하다. 생명은 항상 변화하며 언
제나 우리가 바라는 대로 머물지 않는 물질요소와 에너지의 결
합이다.

■ 늙음의 한계

한 번은 어느 사람이 붓다께 사람은 어느 정도까지 늙을 수 있는가 물었다. 붓다의 대답: 언제든지 늙었다고 자각으로 느낄 때.

■ 대가

분주하게 살아가는 동안에 인생은 소모된다. 질환, 늙음, 고통은 이 육신을 집으로 삼아 살아가고 있는 것에 대한 대가이다. 육신을 위한 이기적인 생각 때문에 두려움과 근심의 대가를 지불해야 한다.

■ 직시해야 할 인생의 진면목

인생은 하늘의 무지개, 번갯불, 여명의 별빛. 이것을 알진대 그대 왜 다투는가?

— 잭 콘필드

■ 생명을 가지고 할 일

사실 생명이란 독특한 경험이다. 아무것도 이것에 비할 수 없다. 다른 어떤 것으로도 이 가치를 측정해 볼 수 없으며 돈으로 살 수도 없다.

그런데도 사람들은 이 '값진 보물'을 어떻게 사용해야 할지 모르고 있다. 여기에서 한 생명은 단순히 육체나 감각을 의미하는 것이 아니라 생각하는 인간의 마음을 의미한다.

■ **인생의 목적**

인생에 목적이 있는가? 인생의 목적은 무엇인가?

무엇 때문에, 어디서, 언제, 이 우주가 생겼으며, 태양이, 지구가, 생명이, 인간이, 그 외에 다른 것들은 생겼는가?

그런데 목적이라면 누구의, 아니면 어떻게?

왜 목적을 제기하는가, 아무것도 없다!

■ **난관에서도 미소짓는 얼굴**

인생이 아름다운 음악처럼 순탄하게 흘러간다면 쉽게 미소를 짓지만, 인생이 난관에 봉착해도 미소짓는 사람이 정말 칭찬할 만한 사람이다.

■ **인류의 참상을 기록하기에 충분치 않은 세계**

세계의 모든 산이 노트이고 세계의 모든 호수가 잉크이며 세계의 모든 나무가 펜이라 해도 이 세계의 참상을 기록하기에는 충분하지 않다.

■ **생존의 대한 갈망**

사람의 출생은 괴로움의 출생이다. 오래 살면 살수록 우둔해진다. 얼마나 가혹한 일인가! 그는 통상적으로 살고 있는 한도를 지나 살고 있다. 내생에 대한 그의 갈망은 현생을 무력하게 만든다.

— 추앙 츠

■ 타 생명과의 조화

생명은 살아 있는 모든 것에게 소중한 것이다. 그들의 살 권리를
뺏는 것은 부당하다.

■ 탈피해야 할 탐욕의 노예상태

만족을 모르는 사람은 아무리 많이 가져도 탐욕의 노예가 된다.
인간은 자신의 최악의 적이 되기도 하며 최선의 친구가 되기도 한
다고 현인들은 높은 안목으로 말했다. 자유롭게 되느냐, 노예가
되느냐는 그의 생각에 달렸다.

— 마하트마 간디

■ 인생의 이별

이 세상 모든 것은 무상하다고 붓다는 우리에게 상기시켜 주고 있
다. 태어남이 있으면 죽음이 있다. 생기(生起)에 해체, 결합에 분
리가 있다.
사망 없이 어떻게 출생이 있을 것인가? 해체 없이 어떻게 생기가
있으며, 분리 없이 어떻게 결합이 있을 것인가?

■ 무상한 인생의 본질

인생, 개성, 기쁨, 슬픔, 이 모두가 한 순간의 생각일 뿐,
모든 것은 어느덧 사라지리니—

— 청정도론(淸淨道論)

■ 표적을 향해가는 생명

시위를 떠난 화살이 과녁을 향해 날아가듯 한 번 태어난 생명은
표적─죽음을 향해 달려간다.

■ 모든 것을 불사르는 세 가지 불길

탐욕의 불길은 감각적 쾌락에 물든 사람을 불태우고,

증오의 불길은 살생을 하는 악의에 찬 사람을 불태우고,

미망의 불길은 담마에 무지하여 허둥대는 사람을 불태우니,

이 세 가지 불길을 모르는 인간들은 태어난 것을 기뻐하니라.

― 붓다. 여시아경

■ 사후의 생명

육체는 죽지만 죽음 뒤에 생명은 뒤를 잇는다.

2,500년 전 플라톤은 종교를 가졌었는지 알 수는 없으나 그도 이
와 같은 생각을 가지고 있었다.

■ 수요에 대한 갈구

사람은 갈구하지 않고는 살 수 없다. 갈구는 생활에 필요불가결
하다. 오래 살면 살수록 생존과 쾌락을 위해 더 투쟁하게 된다.

이 투쟁에서 결국 남의 평화와 행복을 방해하는 많은 과오를 범한
다. 살기 위해 택하는 방법은 여러 가지 문제를 낳아 거의 매일 이
에 대해 불평하게 된다.

■ 무의미한 현대생활

오늘날 소위 고도성장 사회에서 탐욕과 증오, 무지에 사로잡힌 사람들은 불안과 좌절에서 인생의 참다운 의미를 찾지 못하고 있다는 것은 놀라운 일이 아니다.

■ 존재

우리는 존재가 아니라 존재를 위한 투쟁이다.

■ 그리스인의 영혼에 관한 정의

세 종류의 영혼이 있다:

—영양 기능을 하는, 성장하는 식물의 영혼.

—감지기능을 가진 기관과 동작기능을 가진 동물의 영혼.

—사라지지 않고 죽은 후에도 남는 이성적 부분의 영혼.

— 아리스토텔레스

■ 최초도, 최후도 아닌 이 생

불교는 우리의 현생이 이 세상에 처음 태어난 것이 아니며 죽으면 마지막이 되어 영원한 천국이나 지옥으로 가는 것이 아니라고 가르치고 있다. 우리는 쌓여진 업에 따라 헤아릴 수 없이 수많은 모습으로 존재해왔다.

우리는 이 모든 과정을 알고 불굴의 의지와 노력으로 이러한 반복을 마침내 정지시킬 될 때까지 이를 계속할 것이다.

■ 일체를 나타나게 하는 변화(무상)

한 생명이 아무리 강해도 안정적일 수 없으며 고(苦)와 갈등, 불완전과 변화에서 벗어날 수 없다.

무상과 변화는 일체 사물의 핵심이다.

■ 고통은 육체에서

고통은 육체를 가졌기에 온다. 육체가 없으면 어찌 고통이나 불행이 있을 것인가?

— 노자

■ 인생을 어지럽히는 번뇌

대나무 꽃이 대나무를 상하게 하듯 사악한 사람의 마음속에 일어난 탐욕과 증오, 무지가 그를 상하게 하네.

— 붓다. 여시어경

■ 사후 세계

이 생도 알지 못하는데 어찌 내생에 관심을 가질 것인가?

— 공자

■ 장수보다는 훌륭한 인생

장수가 훌륭한 인생이 아니라 훌륭한 인생이 장수이다.

— 벤자민 프랭클린

■ 성장해서 알게 되는 것

18살 때 나는 아버지가 바보라고 생각했다. 28살이 된 지금 나는 아버지가 10년 동안 많이 배워 놀랐다!

실제로 배운 쪽은 아버지가 아니고 오히려 젊은이가 사물을 성숙된 눈으로 보도록 배운 것이다.

■ 집착을 버려 평화롭게 떠나는 인생

태어나거나 태어날 것은 어떤 것이든 살다가 몸을 버리느니라.

모든 것을 버려야 함을 아는 능숙한 자는 고귀한 인생을 열심히 살아야 하느니라.

— 붓다. 자설경

■ 얻기 어려운 다섯 가지

장수, 아름다운 외모, 행복, 명예, 천상의 지복.

— 붓다

■ 목적을 가져야 할 인생

목적 없는 인생은 언제나 가련한 인생이다.

■ 행복한 옛 친구

우둔해지지 않은 건강한 옛 친구, 그는 가장 행복한 사람이다.

— 스틸

■ 중도(中道), 온건한 길

모든 종교는 '내적 자아'를 다듬기 위한 수련과정을 가지고 있다.

지나친 탐닉과 지나친 극기를 피하는 것이 불교 수행의 특징이다. 중도는 양극단을 피하고 상주론과 단멸론[20]을 피한다.

붓다는 당시 추종자들에게 일상생활의 모든 면에서 이 중도를 따르도록 가르쳤지만 대부분의 사람들은 이 성스러운 중도의 진정한 의미와 유용성을 알지 못했다. 이 중도의 깊은 의미는 정의로운 행위에 대한 관심을 초월하는 것으로 극단을 피하고 일상생활에서 온건한 길을 취하는 것을 의미한다. 그 깊은 의미는 우리의 감각기능을 과오나 남용 없이 가장 효과적으로 사용하는 방법을 배우는 것이다.

■ 인간의 어리석음

인간은 어리석은 짓을 하고 있다. 장수를 기원하면서 늙음을 두려워한다.

— 중국 속담

■ 실패하지 않는 자

시도하지 않는 자는 결코 실패하지 않는다.

---

20) 상주론(常住論):영원불멸의 인간 영혼을 주장하는 견해. 단멸론(斷滅論):인간의 정신은 물질인 두뇌 작용의 결과이며 죽으면 정신(마음)도 사라진다는 물질주의자의 견해.

■ 자신감을 위축시키는 여섯 가지 두려움

―가난에 대한 두려움―늙음에 대한 두려움―비판에 대한 두
려움.

―사랑을 잃을 두려움―질병에 대한 두려움―죽음에 대한 두
려움.

― 나폴레온 힐

■ 삶을 위한 투쟁

덫에 걸려 이리 저리 날뛰는 토끼처럼, 한밤중에 쏜 방향을 잃은
화살처럼, 갈애의 올가미에 갇힌 존재들이 붓다의 눈에는 말라가
는 시냇물의 물고기가 떨고 있는 것으로 보였다.

서로 투쟁하며 포식하거나 희생물로 삼으려는 포식자들의 연속
으로 보았다.

■ 인생을 황폐화시키는 두려움

―두려움은 끊임없는 긴장과 고뇌를 낳는다.

―두려움은 수명을 잠식하고 마음을 천박하게 한다.

―두려움은 미래를 어둡게, 암담하게 하는 잠재적인 비관적 세력
이 된다.

―무엇에 대해 두려움을 가지면 그에 대한 사고방식에 영향을 미
친다.

―두려움은 개성을 손상시켜 유령의 놀이터가 된다.

■ 만사가 불확실

―불확실한 세상―이론적인 철학―위선적인 정치―비인간적인
　과학.

―비합리적으로 기우는 종교―공상적인 심리학―직업 편향적인
　교육.

―믿을 수 없는 사람들―변하는 마음.

■ 의의 있는 인생

―나누어 주지도 않고 즐기지도 않는 많은 재물은 재물인가?

―적이 쳐들어와도 사용하지 않는 무력은 무력인가?

―담마로 보완되지 않은 지식은 지식인가?

―수행하지 않는 생활을 해도 인생인가?

― 히토파데사

■ 인생무상

나의 인생은 장미처럼 아침 하늘에 활짝 피지만

저녁 어스름이 깃들면 땅에 흩어지는 것처럼 종말을 고하네.

― 와일드

■ 늙으면 일어나는 일

늙으면 우리는 더 우둔해지고 또 더 지혜로워진다.

― 로쉬푸코

■ 영생에 대한 희구

우리의 마음은 영원한 생명을 필요로 하나 생명은 무상한 물질적 육체를 만들어내고 우리는 이것을 생명으로 여긴다. 사실 우리를 만족시키는 것은 죽지 않는 생명이 아니라 불사라는 관념으로부터의 탈피이다. 생명은 흐름의 상태이지 결코 정적인 상태가 아니다.

우리는 매 순간 무덤을 향해 행진하고 있다. 출생과 사망은 같은 줄의 양끝 부분이다. 우리는 죽음을 어떻게 할 수 없고 출생만(업에 따라) 선택한다.

■ 불만스러움은 인생의 본질

불만스러움은 인생 내내 그림자처럼 따라 다닌다.
어린시절에는 부모와 선생님의 말을 따라야 할 짐을 지고,
한창 나이에는 가족을 부양하기 위해 분투해야 하며,
늙어서는 병환, 쇠약, 의지의 생활, 고독, 고통, 그리고 결국 죽음을 맞는다.
이것이 인간의 운명이다.

■ 무보수 노동

이 세상에는 일하지 않고 사는 사람이 너무 많으며 또한 보수 없이 일하는 사람도 너무 많다.

— 딘 차아트즈 R. 브라운

■ 자신과의 싸움
자신과의 싸움이 시작될 때 그는 무언가 해낼 만한 사람이다.

— 로버트 브로우닝

■ 늙지 않는 방법
어린애의 마음을 가진 자는 결코 늙지 않는다.

■ 늙지 않는 자
언제나 늙어 보이지 않는 사람이 있다. 사고방식이 활기차고 항상 새로운 사조에 적응하며 이기적인 생각으로 변덕을 부리지 않는다.

불만스러운 상황에서도 만족하고 불안정한 환경에서도 안정되어 있으며 현상에 항상 최대의 만족을 누린다. 그리고 미래에 대해서 제일 먼저 낙관한다. 나는 비록 늙어 보여도 여전히 강하고 활기차다.

— 셰익스피어

■ 마음을 갈 것
마음은 정원과 같다. 그곳에는 정감이나 두려움, 원한이나 애정이 싹튼다.

당신은 어떤 씨앗을 그곳에 심을 것인가?

— 잭 콘필드

■ 보편법

세 가지 보편법을 항상 마음에 새겨야 하나니, 세속적 모든 존재
들을 지배하는 무상(無常)과 고(苦), 그리고 무아(無我) 또는 공(空)
의 보편법이다.

이것은 그대와 인생을 이해하는 관건이며 보편적 진리와 실상의
문을 여는 관건이다.

11

자연은 창조자

자연은 창조자

자연은 우리를 에워싼 자연환경 모두를 포함한다. 수목, 새, 세균, 구름, 바람, 바위, 별 등등. 또한 우리가 듣는 소리, 느끼는 열기, 물체를 지상으로 끌어당기는 중력도 역시 자연이다. 요약하면 모든 것, 누군가가 만든 것이 아닌, 스스로 된 '자연적인 것' 모든 것을 포함한다.

인류 역사 초기의 자연환경은 먹거리와 피신처의 원천이었다. 자연에서 얻은 것을 다듬어 도구를 만들고 자연에서 얻은 불로 열과 불빛을 얻었다. 짐승들의 울부짖는 소리는 위험신호가 아니면 그저 만족감을 나타내는 소리였기에 인간은 그것을 구별할 수 있어 살아가는 데 대부분 이러한 지식에 의존하고 있었다.

벼락과 천둥은 그것이 무엇인지를 알기까지는 두려움의 대상이었다. 인간은 주변 환경에 호기심을 가지고 평범한 바위나 광물이 어떻게 진기한 금이나 은으로 바뀔 수 있는가를 알아내려고 애써왔다. 부분적으로 관찰하고 짐작하여 만들어 낸 것이 민속박물이 되고 날씨에 관한 여러 가지 짤막한 격언들이 여러 세대를 거쳐 내려왔다. 언어를 기록하는 방법이 발달되자 구전으로 전해오던 것들이 기록으로 남게 되고 자연에 관한 여러 가지가 이러한

210

기록으로 남겨졌다. 위대한 종교 지도자들은 자연에 관한 일상적인 지식이 도덕과 윤리 규범의 기초가 된다는 것을 알게 되었다.

자연자원이 점점 감소되어 가는 것을 알게 되자 인간은 자연에 대한 이해와 자연사랑으로 후세들이 자연을 더 연구하고 혜택을 받을 수 있도록 자연자원을 지키고 보전해야 한다는 여론에 대한 희망의 기미가 여기에 첨가되게 되었다.

불교는 자연과 깊이 결합되어 있다. 붓다는 나무 아래에서 탄생하고 나무 아래에서 깨달음을 얻었으며 수행기간의 대부분을 깊은 숲 속에서 은둔했을 뿐 아니라 '사라' 라는 두 나무 그늘에서 입멸했다.

붓다는 자연 속의 생활에서 얻을 수 있는 커다란 이익을 찬양하고 즐기기 위해 수목과 동물을 해치는 행위를 만류했다.

■ 존재의 자연 질서— 다섯 가지 자연법칙(Panca Niyama Dhamma)

—계절 결정(Utu Niyama 우뚜 니야마): 물질적 비조직기관적 질서.
계절적으로 부는 바람과 비, 어김없는 계절의 변화와 계절의
변화에 따른 계절적 특징, 바람과 비를 일게 하고 열을 발생시
키는 원인 등.

—종자 결정(Bija Niyama 비자 니야마): 물질적 조직기관적 질서. 세
균과 종자와 같은 현상. 볍씨에서 쌀이 나오고, 사탕수수나 꿀
에서 단맛이 나오며 여러 가지 과일의 독특한 맛과 향기 등의
현상. 세포와 유전자에 관한 과학 이론과 쌍둥이의 외형적 유
사성은 이 질서에 속한다.

—업 결정(Kamma Niyama 깜마 니야마): 행위(또는 조건)와 결과의 질
서. 이 자연 질서는 선행과 악행은 이에 상응한 선과와 악과를
낳음을 설명한다. 물이 어김없이 제 갈길을 가듯이 업 역시 기
회가 오면, 상벌의 형태가 아니라 본연의 과정에 따라, 필연적
으로 그 과보를 낳는다. 이 인과의 귀결은 해와 달의 궤도처럼
자연적이고 필연적이다.

—담마 결정(Dhamma Niyama 담마 니야마): 규범의 질서. 예를 들면
보살이 마지막 전생을 마치고 이 세상에 출현한 자연현상이나,
중력의 법칙 등 그 외의 유사한 자연법칙. 도덕성 등은 이 범주
에 속한다.

—의식 결정(Citta Niyama 찟따 니야마): 마음의 질서 또는 심리법칙
의 질서. 의식과정, 의식의 구성요소, 마음의 힘과 같은 현상이

이에 포함된다. 현대과학이 설명할 수 없는 모든 정신현상이 이 질서에 포함된다.

정신감응(Telepathy), 원격투시(Telesthesia), 역행투시 (Retrocognition), 예감(Premonition), 투시력(Clairvoyance), 원청력 (Clairaudience), 독심(Tho—ught reading) 등이 이에 속한다.

— 불교의 견해

■ 자연이란 무엇인가?

자연이란 서로 작용하는 힘과 그 과정으로 이루어져 있다. 소크 라테스는 당시 소피스트들이 생각했던 것처럼 자연은 우연히 발 생한 혼돈이 아니라 전체적으로 서로 의지하는 질서 있는 상호작 용적 작인(作因)의 배열이라고 말했다. 이처럼 인체의 각 부분도 서로 도와 전체를 유지하게 한다.

■ 불교적 자연보호

나무 아래에서 쉬고 있는 사람은 그 나무의 가지 하나라도 꺾지 말아야 한다. 이것은 감사할 줄 모르는 태도이다.

나무를 심는 사람은 쉴 터와 먹이를 다른 사람과 동물에게 주는 것이 되므로 공덕을 쌓는다.

— 본생담(本生覃)[21]

---

21) 소부(小部)에 실려 있는 부처님에 관한 전생 이야기 모음.

■ 무상한 세상사

국가는 커지다가 사라진다. 제국은 융성하다 몰락한다. 거대한 궁전은 세워지지만 부서져 먼지로 변한다. 이것이 세상사이다.

아름다운 꽃은 피어 오가는 사람들을 이끌지만 이내 시들어 말라 버린다. 꽃잎은 하나씩 차례로 모두 떨어져 잊혀져 버린다. 숲은 도시로 변하고 도시는 모래 둑으로 변한다. 산이 있는 곳에는 댐이 건설된다.

세상사 온갖 즐거움과 커다란 성취는 한 순간의 구경거리에 지나지 못한다. 여기에서 행복을 찾는 자는 이것이 사라졌을 때 비탄과 슬픔을 겪어야 하며 세상사의 무상함을 이해하지 못하기 때문에 커다란 괴로움을 당한다.

■ 무상의 법칙

세상 사람들을 보라. 무지에 이끌려 세상에 태어나, 이를 기뻐하며 이에 풀려나지 못하는구나.

어떠한 모습으로, 어떤 방법으로, 어떻게 태어나든, 변하지 않을 수 없는 모든 형태의 존재는 무상하고 괴로움을 받게 되어 있느니라.

— 붓다. 여시어경

■ 농담과 굴밤

농담은 굴밤과 같다. 마를수록 잘 깨어진다.

214

■ 자유 없는 법률

시민의 자유를 보장하지 않는 헌법개정은 죽은 자를 치장하는 것과 같다. 치장하여 관 속에 누워 있느니 자유의 공기를 마시는 편이 낫다.

■ 자연에의 순응

생명과 환경의 자연 상태를 거슬러 사는 사람은 육체적으로나 정신적으로 응분의 결과를 맞지 않을 수 없다.

■ 신앙과 새

신앙은 동이 틀 때 여명을 보며, 어둠 속에서는 노래를 시작하는 새와 같다.

— 라빈드라나드 타골

■ 두려움, 근심, 긴장을 해소하는 명상

─나는 늙게 되어 있다.─나는 늙음을 어찌할 수 없다.

─나는 병들게 되어 있다.─나는 병이 드는 것을 어찌할 수 없다.

─나는 나의 업에 따르며, 나의 업으로부터 풀려날 수 없다.

─나는 죽게 되어 있다.─나는 나의 죽음을 어찌할 수 없다.

─나의 모든 것, 사랑하는 사람과 즐거운 것, 이 모두 변하고 바뀔 것이며 나에게서 떠날 것이다.

— 붓다

■ 암중모색

무상을 피하여 숨을 곳은 없다. 영원한 영혼을 찾는 것은 아무것도 없는 어두운 방에서 무엇을 찾는 것과 같다.

■ 미망 속의 세상

세상은 미망의 굴레에 묶여 있어도 그렇지 않은 것으로 보일 따름이라.

집착의 굴레에 묶이고 미망에 싸인 어리석은 자에게 영원한 것으로 보이나, 바르게 보는 자에게는 아무것도 없느니라.

— 붓다. 자설경

■ 아직도 인간을 용서하는 자연

인간의 안락을 위해 발전이라는 이름 하에 인간은 자연환경과 다른 생명을 무시한 채 지구를 파괴해 오고 있다. 지금까지 자연은 아직 관대하다. 이 지구는 인간이 마음대로 약탈하고 노략질하며, 살아갈 자연적 권리를 가진 다른 생명들을 빼앗도록 만들어진 것이 아니며 자연과 더불어 살아야 한다는 것을 인간은 알아야 한다.

■ 도덕률은 자연법칙

도덕률은 종교와 인본주의의 근간이다. 도덕률은 자연법칙이기에 도덕적 생활은 자연적 생활이다.

■ 우주의 우연이 아닌 인간

인간은 우주의 우발적 산물이 아니라 특수하고도 중요한 역할을 수행하기 위한 전체 자연 질서의 최정점에 있다. 인간만이 자연을 이해하고 그의 생명활동을 이 질서와 자발적으로 조화를 이루도록 의도를 조정할 수 있다.

— 소크라테스

■ 존재를 위한 투쟁

식물을 포함한 모든 존재들은 생존을 위해 몸부림치지만 무상의 법칙이 작용하므로 결국 무위로 끝난다.

■ 인간만의 것이 아닌 세계

이 세계는 인간만을 위해 만들어진 것이 아니며, 항상 인간의 뜻에 맞도록 작용하여 주는 것도 아니다.

이 세계의 조건들은 편향적이 아니다. 인간에게 유순하지도, 사납지도 않은 중립이다. 자연이 인간을 살도록 허용하고 있기에 인간이 존재하고 있는 것이다. 자연의 여러 조건들을 참되게 이해하는 것이 인간의 의무이다.

■ 결단과 행동

결단은 행동의 불을 댕기는 불티이다. 결단이 있기까지는 아무일도 이루어지지 않는다.

■ 환경에 순응해야 할 인간

우리는 자연환경을 너무나 급격하게 개조시켜버렸기 때문에 살기 위해서는 이 새로운 환경에 적응하지 않을 수 없다.

— N. 위이머

■ 전적으로 좋은 것도, 전적으로 나쁜 것도 없는 법

이 세상 상황은 언제나 우리 편이 아니다. 문제가 없는 세상, 문제가 없는 생명은 없다. 태양빛, 비, 바람, 달빛조차도 대부분의 경우 환영을 받지만 다른 것들에게는 귀찮은 것이 될 수 있다. 사실이 세상에는 전적으로 좋은 것도, 전적으로 나쁜 것도 없다.

■ 세상은 물결

우리는 같은 물결의 한 부분. 그대는 그대의 육체, 느낌, 마음 상태, 마음의 대상을 알아차려야 한다. 이 모든 것은 물결로 이루어져 있으며 우리는 물결의 세계에 살고 있다.

— 알버트 아인슈타인

■ 적대감을 해소시키는 방법

만약 우리가 우리의 적의 이면사를 알 수 있다면 그들 개개인의 괴로움과 고통에 찬 생활을 알게 되어 모든 적대감을 해소하게 될 것이다.

— 헨리 워즈워드 롱펠로우

■ 맹목적으로 따르지 말아야 할 전통

우리는 끊임없이 변화하는 세계에 살고 있다. 그러므로 우리는 조상들이 당시의 믿음과 생활 여건에 따라 지켜왔던 전통, 관습, 풍습, 의례와 의식에 맹목적으로 추종하지 말아야 한다.

■ 함정에 빠지는 빈곤국

경제 강국에 접근하여 식량을 구걸하고 경제 원조를 바라는 빈곤국은 함정에 빠져 독립성을 잃는다.

평화를 사랑하는 사람들은 강대국에게 핵 군비경쟁을 중지하도록 아우성을 치며 애원하지만 이들은 이 호소에 귀를 막고 전 인류를 절멸시킬 수 있는 더 위력적인 군사력을 개발하고 있다. 강대국들의 꿍꿍이 속 때문에 약소국들은 희생양이 되고 있다.

■ 나이 측정법

세 종류의 나이가 있다.

달력으로 표시되는 세월에 따른 나이, 지혜를 갖춘 정신적 나이, 스스로 느끼는 감성적 나이, 세 가지이다.

■ 웃고 우는 동물

인간은 현 상태와 바라는 상태의 차이를 아는 유일한 동물이므로 웃고 우는 유일한 동물이다.

— 윌리암 헤츠릿

219

■ 생명의 연속성

바다를 보라. 한 파도가 밀려오면 또 다른 파도가 밀려와 같은 파도가 아닌 앞의 파도는 뒤의 파도를 일게 하여 파도 모양과 운동을 옮겨준다.

이처럼 이 세상을 헤쳐 가는 생명존재도 오늘과 내일이 다르며, 오늘의 모습과 내일의 모습이 다르나 이 흐름의 성격을 결정하는 것은 밀어내는 세력과 이전 생명의 모습이다. 믿을 수 없겠지만 합리적인 생각이다.

— 섬머셋 모옴

■ 지구 중심으로 회전하는 우주?

여러분은 갈릴레오가 혹시 베이비붐으로 태어난 사람으로 생각하는가?

그렇다면 그는 우주가 자기를 중심으로 회전한다고 증명했을 것이다.

— 제이 트렉흐만

■ 내 것이라고 우길 것은 아무것도 없는 것

우리는 집도, 아이도, 심지어 우리의 육신도 가지고 있지 않다. 모두가 우리가 보살피고 관심을 가지도록 잠시 우리에게 맡겨진 것들이다.

— 잭 콘필드

220

■ 장님, 벙어리, 가난한 자와 부자

—옳고 그름의 차이를 살피지 못하는 사람은 장님.

—말을 해야 할 때 적절한 말을 하지 못하는 사람은 벙어리.

—지나친 욕심으로 때가 묻은 사람은 가난한 자.

—만족을 아는 사람은 부자.

— 인도인의 생활관

■ 장애는 기회

장애가 없으면 기회도 없다.

■ 동물에 대한 태도로 드러나는 위대성

한 국가의 위대성과 도덕적 선진성은 동물을 다루는 태도로 판단할 수 있다.

— 마하트마 간디

■ 만족

충분함을 모르는 사람은 만족을 모른다.

■ 끝없는 윤회

한 사람의 영겁을 거친 생사윤회에서 쌓인 뼈 무더기는 태산과 같다고 슬기로운 현자는 말했느니라.

— 붓다. 여시어경

■ 언행일치

말처럼 행동하지 않는 사람의 빈말은 향기 없는 아름다운 꽃과 같으니라.

— 붓다

■ 열등한 자에 대한 동정

우리는 우리보다 못한 자들에 대해 인내로 대해야 한다. 그들은 과거의 우리이니까—.

■ 역사의 내용

비록 역사가 때로는 몇몇 위대한 사람들의 업적으로 만들어져 있지만 소시민의 여러 가지 사건으로도 꽤 치장되어 있다.

— 마아크 요스트

■ 미래

나는 미래에 대해 결코 생각하지 않는다. 미래는 곧 오니까—.

— 알버트 아인슈타인

■ 감사할 줄 모르는 자

비록 타고난 외모와 젊음, 그리고 훌륭한 가문의 출신이라도 배우지 않으면 향기 없는 꽃처럼 인정받지 못한다.

— 히토파데사

■ **낙타와 외교관**

질문: 낙타와 외교관의 차이는 무엇입니까?

대답: 낙타는 며칠을 마시지 않고도 걸을 수 있고, 외교관은 며칠을 일하지도 않고도 마실 수 있습니다.

■ **당신이 바로 세상**

이 세상은 사람들로 구성되어 있으며 사람들이 세상을 만든다. 당신이 사람들을 바꾸면 결국 당신이 세상을 바꾸게 된다.

그러면 모든 것이 당신으로부터 시작된다. 그러나 무엇보다 당신도 이 세상 사람들 중의 한 사람이 아닌가?

— 위수다차라 비구(比丘)

■ **절망은 희망에서**

희망을 가졌던 적이 없는 사람은 실망이 있을 수 없다.

— 죠지 버나드 쇼

■ **즐거운 시간과 괴로운 시간의 차이**

아름다운 처녀에게 구애할 때 한 시간은 일 초처럼 느껴지나 붉게 타고 있는 숯불 위에 앉아 있을 때는 일 초가 한 시간처럼 느껴진다.

시간은 상대적이다.

— 알버트 아인슈타인

■ 제일 처음 보는 얼굴

당신이 들어 있는 단체 사진을 볼 때 누구의 모습을 제일 먼저 보는가?

■ 현실적 이상

행동 없는 이상은 한갓 꿈이오, 이상 없는 행동은 허송세월이며, 이상과 행동이 세상을 변화시킨다.

■ 여덟 개의 칼날

이 세상에는 사람을 사정없이 베어버릴 수 있는 면도날 같은 여덟 개의 칼날이 있다. 이 여덟 개의 칼날 중 한 쪽 편에 있는 것은 부와 신분, 찬사와 즐거움의 칼날이다. 이 네 개의 칼날은 사람들이 선호하기 때문에 특히 날카롭다. 사람들은 이 칼날에 광택을 내고 날을 세워 이를 거듭할수록 날이 날카로워져 결국 이 칼날들이 사람의 목을 향해 들이민다.

다른 쪽 역시 네 개의 칼날이 있지만 사람들이 별로 선호하지 않아서 그다지 날카롭지 않다. 아무도 이 칼날을 원하지 않아 날을 갈지 않기 때문에 날이 무뎌서 사람을 다치게 하지 않는다. 이 네 개의 칼날은 부의 손실, 신분상실, 비판과 괴로움이다. 아무도 이 네 개 중 어느 하나도 원하지 않지만 이 세상의 한 부분으로서 이 네 개의 칼날도 있어야 한다.

■ 나무 위의 세 원숭이

야자수 위에 세 마리의 원숭이가 앉아 언제나처럼 재잘거리다가
한 마리가 다른 두 마리에게 말했네.

"들어보게 친구들, 거짓말 같은 한 소문이 있네.
생각만 해도 아주 치욕적인 것이
사람은 우리의 우수한 종족의 후예라는 거야!

우리 원숭이들에게는 아내를 버린 일도,
아이들을 굶긴 일도, 파탄을 가져 온 일도,
그 외에 다른 어떤 나쁜 일도 있었던 적이 없었단 말이야.
우리 원숭이들은 야자수에 울타리를 치지 않아,
아무나 열매를 먹을 수 있어
다른 원숭이들이 와서 맛을 본단 말이야.

내가 이 나무에 울타리를 친다면
자네 둘은 굶게 되어 훔치려고 하겠지.
그런데 원숭이로서 할 수 없는 일이 있단 말이야.
초조한 마음에서 한밤중에 밖에 나와
총이나 몽둥이 또는 칼을 들고서
가련한 다른 원숭이들의 생명을 뺏는 일 말이야."

■ 남을 미워해야 행복한 사람

사람들 중에는 누군가를 미워해야 행복해지는 사람이 더러 있다.

— 버트란드 러셀

■ 별빛

구름 낀 흐린 날 별은 보이지 않는다. 별은 있는가? 그렇다.
해 뜬 대낮에 별은 보이지 않는다. 별은 있는가? 그렇다.

■ 동류에서 오는 성가심

개 한 마리가 구경 차 나들이를 나갔다. 며칠 후 돌아왔는데 나들이 중에 무슨 일이 없었느냐고 친구들이 물었다.

그는 도중에 사람들도 많이 만나고 다른 동물들도 많이 만났으나 아무도 방해를 하지 않아 갈 길을 갈 수 있었다고 말했다.

이어서 "내게 닥친 유일한 문제는 우리 동류인 개들에게서 일어났는데 나를 가만 두지 않고 짖거나 쫓아다니며 나를 물려고 했었지."라고 말했다.

■ 악화의 종식

꺼져가는 촛불은 가장 밝게 펄럭인다.

■ 하나, 오직 그대

풀잎 하나 하나, 눈송이 한 송이 한 송이,

모두가 미묘한 차이가 있어,
둘이 같은 것 없음을, 그대 알라.

모래알처럼 작은 것에서부터
커다란 별까지 모두가,
그 모양 그대로가
모두 마음에서 만들어졌네!

모방이 얼마나 어리석으며,
가장이 얼마나 쓸데없는 일인가!
우리 모두 마음에서 태어나는 걸,
누구의 상념인들 끝이 있을까?

내가 할 수 있는 것을 보여주는 것,
오직 나의 한 모습뿐이네.
이처럼 그대 또한 자랑스러워 할 것이,
그대에게도 한 모습이 있네.

이것이 수많은 별과 그대가 함께 있음이니,
경이롭고 무한한 인간 존재여.

— 제임스 T. 무어

12
여성의 지위

여성의 지위

세계 인구의 절반을 차지하는 여성이 역사 전반을 통해 큰 차별을 받아왔다는 것은 세계의 커다란 수수께기 중의 하나이다. 여기에는 여러 가지 요인이 있다. 과거에는 남성들은 중요한 지위를 차지하고 여성들을 열등한 지위로 내몰았으며 여성이 열등하다는 것을 설명하기 위해 종교적인 이유를 들었다. 그러나 이러한 차별에 대해 항변하고 행동한 사람들도 있었다. 그 예로 붓다는 비구니 승가(僧伽)를 창설한 세계 최초의 종교 지도자였다. 여성에 대해 문이 활짝 열리자 당시 각계각층의 여성들에게 즉각 충격을 주었으며 사회적으로 격리된 여성들은 비구니 승가에서 위안을 얻었다. 여성은 영적으로나 지적으로 남성과 동등하며 어머니로서 뛰어난 역할을 한다고 붓다는 공언했다.

여성은 아내로서 남편의 동반자 지위에 있다. 결혼은 부부 상호 간의 사랑, 존경, 이해의 관계이며 상대방에 대한 의무를 성실하게 이행함으로써 결혼생활은 견고해진다. 시갈로바다경 (Sigalovada 經)은 남편과 아내의 의무를 명백하게 밝히고 있다. 아내로서 자리매김이 분명한 여성은 알뜰하고 책임감 있게 아내로서의 권위와 재량을 적극적으로 발휘한다. 아내는 한 인간으로 받아들여지고 존경될 뿐 아니라 남편에 대한 이바지로 유일하고도 적극적인 공헌을 하는 동반자로서 남편의 의지처이기도 하다. 어머니로의 여성은 당연히 명예롭고 존경을 받으며 어머니의 사회적 지위는 타인이 감히 침범하지 못한다.

다음 세기 발전된 사회에서 여성은 점차 중요한 역할을 하게 될 것이다. 사회 각 분야에 걸친 인류의 노력에 여성이 남성과 동등하게 참여할 기회를 갖도록 여성의 역할에 대비할 필요가 있다. 그러나 이와 동시에 여성은 가정을 소홀히 하는 일이 없어야 한다. 어머니로서의 전통적인 자상한 보살핌은 결코 버릴 수 없다. 오늘날 우리에게 필요한 것은 남녀간의 균형을 이루는 것이며 서로가 반목하여 대치하는 일은 없어야 한다.

■ 세계를 지배하는 손

요람을 흔드는 손이 세계를 지배하는 손이다.

— W. R. 월라스

■ 집 안의 가정

가정은 돈으로 살 수 없는 그 어떤 것이다. 돈으로 집은 살 수 있으나 가정을 만드는 것은 오로지 여자이다.

— 나폴레온 힐

■ 낙원이 있는 곳

누가 예언자 모하마드에게 낙원이 있는 곳을 묻자 그는 낙원은 어머니의 발 아래에 있다고 말했다.

■ 덕성스러운 여인

종교에 귀의하여 덕을 닦은 덕성스러운 여인, 지혜와 학문을 갖추어 바로 이생에서 성취를 이루네.

— 붓다. 상응부 Ⅳ: 250

■ 없어서는 안 될 여인

보살과 무상사(無上士)가 여인을 통해 이 세상에 출현하였기에 여인은 없어서는 안 될 존재이다.

— 논장(論藏)

■ 지혜로운 여자

붓다는 여자가 남자보다 지적으로 열등하다는 일반적 믿음을 논박했다.

여자들 중에는 지혜와 덕성을 겸비하여 남자보다 훌륭한 사람들이 있다.

■ 여성에게 자신을 갖게 하는 다섯 가지 힘

아름다움, 부, 많은 친척, 출산, 덕성, 이 중에서 여성이 죽은 후에 더 수승한 존재로 태어나게 하는 것은 덕성의 능력이다.

— 붓다. 상응부 IV: 239~250

■ 사회에서 중요한 역할을 담당하는 여성

종교적으로나 사회적으로 여성에 대한 부적절한 태도에 대해 붓다는 이를 여러 차례 비판하고 그러한 사회제도에 번번이 도전했다. 상응부의 코살라 경을 보면 붓다는 딸보다는 아들을 낳는 것이 좋다는 사회적 인식에 도전하고 있다. 여기에서 붓다는 여성은 사회에서 고귀하고 중요한 역할을 한다고 지적하고 깊은 통찰로 여성은 사회 구성체에 조화를 가져온다고 단언했다. 여성은 가정에서 대식구들과 많은 관계를 가지는 위치에 있으며 귀한 자식들에게 어머니로서 누구보다도 존경을 받는 자상한 구성원이다. 그는 말하기를 남성, 여성이라는 성이 문제가 되지 않으며 사회에서 여성의 특성과 역할은 남성과 대등하다고 이어 말했다.

■ 남자의 의지와 여자의 길

남자는 자기의 의지가 있고 여자는 자기의 길이 있다.

■ 알기 어려운 여성의 나이

여자 야채상이 부정 주류를 판 죄로 경찰에 잡혀 법정에 서게 되었다.

판사가 나이가 몇 살이냐고 묻자 35살이라고 대답했다. 그녀의 과거 경력을 살펴보던 판사는 5년 전에 다른 죄목으로 법정에 섰을 때 35살이라고 진술한 기록을 보고 그는 당황하여 어째서 오늘도 35살이냐고 물었다.

그녀의 대답은 이렇다. "판사님, 저는 원칙을 지키는 사람입니다. 저는 두말을 하지 않습니다. 특히 이 법정에서 전에 진술했던 내용을 저는 번복하지 않습니다."

■ 여성의 정신적 강건성

비구니 승단의 성공적인 구성을 보고도 여성의 정신적 성취에 대한 남성들의 강한 불신에 대해 임종을 하루 앞둔 고타미라는 여성이 붓다를 찾아왔을 때 다음과 같은 말로 훌륭하게 설명하고 있다.

"오, 고타미여, 여성들의 정신적 잠재력을 의심하고 있는 어리석은 남성들의 그릇된 견해를 씻어버리려면 놀라운 너의 능력을 발휘해야 하느니라."

■ **여자의 추측과 남자의 확신**

여자의 추측은 남자의 확신보다 더 정확하다.

— 루두야드 키풀린

■ **열등하지 않은 여성**

마라: "손가락 두 마디 정도의 짧은 지혜밖에 가지지 않은 여자로
서 성자만이 이룰 수 있는 저 높은 경지에 도달하기를 바랄 수 없
느니라."

소마 비구니: "정신을 집중하고 지혜를 얻는 데 실패하지 않는다
면 여자라는 사실이 무슨 상관이 있을까요?"

■ **감정이 앞서는 여성**

여성들은 (냉철한) 마음이 아닌 감성으로 자기주장을 한다.

— 메튜 아놀드

■ **남자를 흉내 내려는 여자**

여자는 남자의 흉내를 내거나 남자와 달리기 따위로 세상에 기여
하려 해서는 안 된다고 믿는다.

달리기는 할 수 있겠지만 남자를 흉내 내어 여자로서 이룰 수 있
는 최고의 경지에 도달할 수 없다. 여자는 여자로서 자기의 독특
한 자질을 알아 이를 발전시켜야 한다.

— 마하트마 간디

■ 중요한 것은 자기희생

여자든 남자든 상대방에 대한 우월감을 버려야 한다.

각자가 상대방에 대해 보완적이며 동반자 관계에 있기 때문에 서로 유순하고 관대하며 조용하고 헌신적이어야 하며 무엇보다도 자기희생이 있어야 한다.

■ 극락과 지옥이 있는 곳

극락에는 사랑이 증오로 변하는 것과 같은 격렬한 분노가 없으며 멸시당한 여자와 같은 격분이 지옥에는 없다.

— 윌리암 콩그레브

■ 다루기 어려운 어리석은 자

가장 어리석은 여자도 영리한 남자는 다룰 수 있지만 어리석은 남자를 다루는 데는 아주 영리한 여자가 필요하다.

— 루드야아드 키플링

■ 아름다움이 있는 곳

아름다움은 구경꾼들의 눈 속에 있다.

■ 어머니는 철학자

어머니는 가장 본능적인 철학자이다.

— 헤리엇트 비이쳐 스토우

■ **불가분의 상관관계**

바이올린 현에 활이듯, 여자에게 남자여라.

비록 여자는 남자에게 구부리고 복종하나,

남자를 이끌면서 따르나니,

없어서는 안 될진저, 서로의 존재여.

— 헨리 워즈워드 롱펠로우

■ **여자의 직감력**

여자의 직감은 남자가 가진 지식의 오만한 억설보다 때로는 더 진실하다.

— 미하트마 간디

■ **남자를 변화시키는 여자의 방법**

어머니가 아들을 성인으로 키우는 데 20년이 걸리나, 다 큰 이 아들을 바보로 만드는 데는 단 20분이 걸린다.

— 로버트 프로스트

■ **여성을 앞세우는 이유**

수백 년 동안 남성의 뒤를 따르게 하던 여성을 앞세우게 하는 이유를 한 남자에게 물었다. 그는 대답하기를 전쟁 이후 제거되지 않은 지뢰가 땅에 많이 묻혀있기 때문이라고 했다.

— 로버트 뮐러

■ **여성의 상상력**

여성의 상상력은 아주 빠르다. 찬사에서 연애로, 연애에서 모성으로 아주 빠르게 달린다.

— 제인 오스틴

■ **남성의 두 가지 허점과 여성의 많은 허점**

여성은 많은 허점을 가지고 있다. 남성은 단 두 가지. 모든 말, 모든 행동.

■ **격려하고 방해하는 여성**

여성은 큰 일을 하도록 격려하고 이를 달성하는 데 방해를 한다.

— 알렉산드 듀마

■ **돈의 용도**

만약 여자가 없었더라면 이 세상의 모든 돈은 아무 의미가 없을 것이다.

— 아리스토틀 오나시스

■ **여자와 찻주머니**

여자는 찻주머니와 같다. 여자가 얼마나 강한지 뜨거운 물에 넣어보기까지는 알지 못한다.

— 낸시 레이건

■ 가장 훌륭한 남편

여자에게 최고의 남편은 고고학자이다. 아내가 늙을수록 더 관심을 가져주니까.

— 아가사 크리스티

■ 항상 뒤에 있는 아내

모든 위대한 인물의 뒤에는 한 사람의 여인이 있으니 그는 그의 아내이다.

— 구루쵸 막스

■ 부인과 독신 남성

부인들에게 투표를 시켜보라. 5년 내에 독신 남성들에게 엄청난 세금이 부과될 것이다.

— 죠지 버나드 쇼

■ 당신 남편보다 훌륭한 내 남편

두 여인이 자기 남편의 훌륭함을 서로 자랑하고 있었다.
한 여인은 "내 남편은 글을 쓸 때 아무도 그걸 못 읽게 하고 자기만 읽는다오." 하고 말했다.
다른 여인은 "내 생각으로는 내 남편이 더 훌륭하다고 봐요. 그가 글을 쓸때 자기 자신도 그걸 읽지 않으니까요." 라고 말했다.

■ 여자의 나이를 기억 못하는 남자

능란한 외교술을 가진 남자는 여자의 생일은 항상 기억하지만 그녀의 나이는 결코 기억하지 않는다.

— 로버트 프로스트

13

결혼과 가정생활

결혼과 가정생활

결혼제도는 남녀 양성 사이에 합법적으로 태어난 아이들을 부양하도록 사회적으로 인정된 양성의 결합이다. 남녀 양성의 공식적 결합은 모든 현대 사회의 보편적 현상으로 자녀들이 안전하게 자라도록 보장한다. 인간은 수년 동안 결혼제도를 인정해 왔지만 오늘날은 자유로운 선택과 사랑을 기초로 한 결혼이 보다 일반적이다. 전 세기까지는 정략결혼이 일반적이었고 이러한 결혼이 아직도 많은 비 서구 사회에서 남아 있어 양가의 친척들이 서로의 이익을 저울질한다. 한 남자가 동시에 한 아내 이상을 가지는 일부다처제를 허용하는 국가가 있으나 일부일처제를 일반적인 규범으로 하고 있다. 한 여자가 동시에 여러 남편을 가지는 일처다부제도 있으나 그 예가 드물다.

애정은 정감이며 두 사람이 서로가 상대방을 통해 진정한 자아를 실현하고 동시에 이를 표현할 수 있는 분위기를 함께 만들고, 지적 토양과 어느 한 쪽이 혼자서 이루는 것보다 더 훌륭하게 각자가 성장할 수 있는 정서적 분위기를 함께 일구어 가려는 영속적인 욕구이다. 결혼은 사회제도의 가장 기초적이고 지속적인 것의 하나이다.

진정한 결혼에서 남녀는 자신을 생각하기보다 동반자 관계를 더 생각한다. 결혼은 쌍방의 이익이 서로 얽힌 것이며 쌍방을 위해 서로 희생하는 것이다. 상호간의 노력에서 안정감과 만족감을 얻는다.

가정은 결혼이나 입양이라는 유대로 결합되어 한 세대를 이루고 가족간에 서로 작용을 주고받는 사람들의 집단이라 할 수 있다. 가정의 형태는 여러 사회에서 서로 크게 다르다 하더라도 모든 인간사회에는 어떤 형태의 가정이든 발견할 수 있다.

가장 단순한 형태의 가정은 남녀와 그 자녀로 구성된 것인데 보통 독립된 개별적 거처에서 살고 있다. 핵가족으로 더 잘 알려진 이런 형태의 삶의 방식은 현존하는 여러 가정형태에서 가장 오래된 것으로 믿어진다.

■ 결혼 후 상대방에게 바라는 것

아내 : 부드러움, 예의, 붙임성, 이해심, 공명성, 성실성, 정직, 그
　　　리고 좋은 동반자 관계.

남편 : 사랑, 세심함, 가정에 대한 책임감, 신뢰성, 이해심, 성실성,
　　　좋은 요리 솜씨, 남편이 기분이 울적할 때 입 다물고 있기.

■ 결혼은 축복

결혼은 축복이지만 대부분의 경우 결혼생활을 저주로 보낸다.

■ 주고받기 식

결혼은 공평하게 주고받기이다. 주고받기의 참된 의미는 서로의
약속인데, 남편은 번 것을 아내에게 모두 다 주고 아내는 그것을
받는다.

― 헨리 모건

■ 조화를 이룬 사람들의 축복

―사랑으로 맺어진 부모와 자녀는 축복이다.
―우애와 조화로 이루어진 가정은 축복이다.

■ 중요한 동반자 관계

진실한 결혼생활에서 남자와 여자는 자신의 개인문제를 스스로
생각하기보다는 동반자 관계에서 생각해야 한다.

■ 함께 나누는 괴로움과 즐거움

부부가 일상생활에서 괴로움과 즐거움을 함께 나눈다면 서로를 위로하고 슬픔을 줄일 수 있다.

그러므로 아내나 남편은 부부생활에서 즐거움만 혼자 즐기려 해서는 안 된다.

■ 남편을 돕는 세 가지 방법

아내는 남편에게 젊을 때는 가정부로, 중년에는 동료로, 늙으면 보모로 돕는다.

— 프란시스 베이컨

■ 두 사람에게는 오직 한 길

성공적인 결혼생활에는 한 사람이 가는 길이란 없다. 두 사람을 위한 오직 한 길, 흙투성이의 험난한 길이지만 언제나 함께 하는 길이다.

■ 인형 아닌 여자

여자를 남자의 손에 노는 인형으로 취급하지 말아야 한다.

■ 결혼의 신성함

오로지 성적 만족을 채우기 위한 결혼은 인간의 결혼이 아니라 동물의 행위이다.

■ 근심과 아기

근심과 아기는 키워서 커진다.

■ 남성의 탐욕대상이 아닌 여성

여성은 자신을 남성의 탐욕의 대상으로 자임하는 생각을 버려야 한다. 이에 대한 처방은 남성에게보다 여성에게 있다. 남성과 동등한 동반자가 되려면 남편을 포함한 모든 남성들에게 아름답게 보이려고 치장하는 것을 거부해야 한다.

— 마하트마 간디

■ 결혼 후 상대방에 대한 관심

첫 해에는 아내가 남편의 말에 귀 기울이고, 둘째 해는 남편이 아내의 말에 귀 기울이며, 셋째 해에는 이웃이(그들이 고함치며 싸울 때) 그들의 말에 귀를 기울인다.

■ 이혼 이유

남자들의 괴이쩍은 행동이 이혼율과 사회문제 증가의 원인이 되고 있다. 예를 들면 자녀에 대한 무관심과 청소년과 관련된 범죄이다.

■ 성의 성격

옛말에 있듯이 "성은 불처럼 훌륭한 종이오, 나쁜 주인이다."

■ 결혼 후 끝나는 로맨스

남자와 여자가 결혼하면 그들의 로맨스는 끝나고 그들의 새로운
역사가 시작된다.

― 로슈브룬

■ 대등하며 상대적인 결혼

결혼은 독립된 여자와 남자의 관계이며 그래서 의무도 상대적
이다.

― L. K. 안슈프라흐

■ 주인과 종

남성 주도는 참으로 불행한 결과를 가져왔다. 그것은 결혼이라는
가장 긴밀한 인간관계를 만들어냈는데 이 관계에서 두 사람은 대
등한 동반자 관계 대신 주인과 종이라는 관계가 되었다.

― 버트란드 러셀

■ 가위에 비유되는 결혼

결혼은 서로 분리될 수 없는 가위를 닮았다. 둘은 이따금 반대 방
향으로 움직인다.

결혼 전에 남자는 여자를 위해 인생을 바치겠노라고 장담하지만
결혼하고 나면 아내의 말에 읽던 신문도 내려놓지 않는다.

― 헬렌 로우랜드

■ 결혼은 도박

결혼은 도박, 겉쪽이면 따고 안쪽이면 잃는다.

■ 어머니는 살아 있는 신

사람들은 말하기를 신은 모든 사람에게 다 갈 수가 없어서 어머니를 만들어 그들 앞에 나타나게 했다고 한다.

■ 다투는 방법

남편과 아내가 다투기 시작할 때 한 사람은 말을 하지 말고 상대방의 말을 들어야 한다.

한 사람의 말이 끝나면 상대방이 말을 해야지 두 사람이 동시에 말하는 일이 없어야 한다.

■ 부모의 감정을 소중히 여기는 자녀

아이들은 부모가 구해준 물건에 대해서는 기억하지 못하지만 부모가 쏟아 부운 감정은 기억한다.

— 리차아드 L. 에반스

■ 잘못된 것

집에 돌아 왔을 때 아내와 아이들이 따뜻하게 반겨주지 않으면 그에게 무언가 잘못된 것이 있다.

— 나폴레온 힐

■ 자녀의 마음
자녀가 당신이 있을 때 겁을 내면 그 자녀는 당신이 없는 것을 좋아한다.

■ 결혼 후의 악수
결혼하고 나서 악수하는 것은 레슬링 선수가 격투 전에 악수를 나누는 것과 같다.

■ 부모의 눈에 피눈물을 흘리게 하지 말 것
어머니의 사랑과 보살핌을 잃는 것은 불행이다. 결혼하고 그 후에 낳은 아기에 대한 당신의 한없는 애정을 기억할 것이다.
중국에 이런 속담이 있다; "부모의 눈에 피눈물을 흘리게 하는 사람은 자기 자녀에게 그 보복을 받는다."

■ 다른 사람과 결혼해버린 처녀
한 젊은이가 건너 마을에 있는 처녀를 깊이 연모하게 되었다. 그는 그녀에 대한 연모의 정을 담은 장문의 편지를 매일 써 보냈다. 수백 통의 편지를 써 보낸 뒤 그는 놀랍게도 그 처녀가 그의 편지를 배달한 집배원과 사랑에 빠져 결혼한 것을 알았다.

■ 성공한 가정
―아버지의 사업 성공―어머니의 소원성취

─상식 있는 장남─성격 좋은 장녀

─인내심, 정직, 차분함, 선견지명, 의욕, 협동심을 갖춘 그 밑의
   아들들

─명랑성, 성실, 조심성, 예절, 절약, 정직성, 조화를 갖춘 그 밑
   의 딸들

14

품성 향상을 위한 인생

품성 향상을 위한 인생

인간의 성격은 천성과 수양된 것의 두 면으로 나눌 수 있다. 천성
적인 성격은 수많은 전생에서 쌓여져 온 정신적 성향을 나타내며
의식속 깊숙한 곳에 단단히 뿌리를 박고 있어 바꾸기가 아주 어
렵다.

게걸스러움, 쉽게 화를 내는 경향, 독한 마음과 같은 성격은 집중
적인 정신 수련을 통해서만 이를 제거할 수 있는 정신상태이다.

붓다에 의하면 인간에게 나타나는 특성은 지배적인 정신성향에
따라 다음과 같은 여섯 가지가 있다.

—라가(Raga) : 탐욕(貪 Lustfulness)

—도사(Dosa) : 분심(瞋 Anger)

—모하(Moha) : 망상(癡 Delusion)

—붓디(Buddhi) : 총명(覺 Intelligence)

—삿다(Saddhā) : 헌신(信 Devotion)

—위따카(Vitakka) : 숙고(伺 Applied thinking)

이러한 성향은 개인에 따라 쉽게 판별해 낼 수 있다. 부정적인 성

향은 마음속에 잠복하여 있다가 나타날 적당한 기회가 오면 나타난다.

겉으로 나타나는 행동을 억제하려 하거나 마음속에 이러한 성향이 있음을 부정해서는 이를 제거할 수 없다. 자신에게 반드시 정직해야 하며 자신을 냉정하게 점검하여 좋은 성향과 나쁜 성향을 알아야 한다.

이렇게 한번 자신을 알고 나서는 자기수련의 과정을 반드시 거쳐야 한다. 도사린 악의를 확인하면 이를 제거해야 하며 선의는 더욱 조장시켜야 한다. 이것은 결코 쉬운 일이 아니지만 이미 수련 초기 단계에서 이 훌륭한 노력이 가져오는 결과에 대해 놀랄 것이다.

좋은 품성은 인간이 키워 나갈 수 있는 가장 중요한 가치이다. 교육, 경험, 육체의 원숙, 종교적 지식과 좋은 친구가 인격 향상을 돕는다.

■ 인간 원숭이로부터 배우는 동물들

한 가정에서 어린 암놈 침팬지를 한 마리 들여왔다. 침팬지가 자라자 가족들은 이 침팬지를 집에서 혼자 두느니 동물원에 보내는 게 낫다고 생각했다. 동물원에는 많은 야생 침팬지들이 있었다. 이들과 함께 섞여 살던 침팬지는 새끼를 낳았으나 어미 침팬지는 새끼를 못 본채 돌보지 않았다. 그러나 함께 살던 야생 침팬지들이 이 새끼를 보살피고 키웠다. 이것을 보면 인간과 함께 살던 동물들은 제 할 일을 무시하고 인간 원숭이의 잔꾀를 배운다는 것을 알 수 있다. 오늘날 어머니들은 아기를 낳은 후 쉽게 아기를 버리고 달아나거나 아기를 돌보지 않지만, 야생동물들은 결코 그런 일이 없다. 이것을 보면 현대의 어머니들은 인간의 소양과 의무를 아무렇지도 않게 쉽게 버린다는 것을 알 수 있다.

■ 위인은 용기의 산물

당신이 어떤 일을 시도하여 그것이 실패하든가 계획했던 일이 눈 앞에서 무산되어 버린다면 역사상 위대한 인물들을 상기해보라. 그들은 용기의 산물이며 그런 용기는 역경의 요람에서 자라났다는 것을 알라.

■ 덕행을 지원하는 예절

예절은 덕행의 그림자이다.

— 스미스

254

■ 문을 여는 예의범절

예의범절은 가장 훌륭한 교육을 받은 사람도 열지 못하는 문을 연다.

— 클라렌스 토마스

■ 다시 일어서기

'실패' 라는 푯말이 붙은 그대여!

일어나라! 다시 하라!

이 세상 어딘가에 활동할 영역,

그대의 영역이 있을 것이니.

진실한 사람의 실패에 대한 역사 기록은 없으니,

있다면 겁이 많은 자,

다시 시도하지 않은 자의 기록뿐.

영광은 행동에 있는 것,

트로피의 쟁취에 있지 않네.

어둠 속에 우뚝 선 장벽,

태양빛을 비웃으리라.

아, 지치고 피로하며 모질게 후려치는,

아, 저 사나운 광풍 같은 운명의 아들이여!

나는 부르리, 실패한 자를 유쾌히 격려하는 노래를.

나는 보내리, 실패한 자에게 나의 노래를.

— 나폴레온 힐

■ 모든 것을 막아내는 절제

자기통제, 즉 극기 수련을 게을리 하면 남을 해칠 위험이 있을 뿐 아니라 자기 자신까지도 해친다.

■ 영광은 다만 무덤으로

자랑스러운 문장, 위용을 보이는 권력, 아름다운 모든 것, 쌓아 놓은 재력, 이 모두에게 피할 수 없는 시간이 기다리고 있네.
영광의 길은 오직 무덤의 길뿐.

— 토마스 그레이

■ 과업수행의 구성분

성실과 인내, 이 둘은 과업수행의 첫 번째의 두 성분이다. 행동이 세 번째 성분인데 이것은 앞의 두 성분의 효과를 발휘하게 한다.

■ 예의범절의 역할

예의범절은 법보다 더 중요하다.

■ 수장이 되려면

사자는 정글에서 백수의 왕이다. 누구도 사자를 왕으로 임명하지 않았지만 정글의 모든 동물들은 사자를 우두머리로 존중한다. 어느 곳에서 수장이 되는 것은 지명이 중요한 것이 아니라 그 사람의 행동, 인품, 태도가 더 중요하다.

■ 예의범절의 가치

예의범절은 대부분의 사람에게는 대수로운 것이 못되지만 일부 사람들에게는 매우 중요하다.

— 미들튼 대승정

■ 명예와 값진 행위

진정한 명예는 값진 행위에 의해서만 살 수 있다.

■ 마음이 만드는 세계

우리가 보는 이 세상의 모든 행위, 인간 사회의 모든 활동, 우리 주변의 모든 일, 이 모두가 생각의 나열, 인간 의지의 발현에 불과하다.

— 스와미 뷔베카난다

■ 불완전한 인간

사람들의 성향을 보면 좋은 습관과 나쁜 습관을 가진 사람이 있다. 완전한 사람은 없다. 연꽃은 누구에게나 사랑을 받지만 줄기에 가시가 있다.

— 히토파데사

■ 부채는 적

부채는 무자비한 주인이며 저축 습관의 치명적인 적이다.

■ 일곱 가지 사회악

─원칙 없는 정책─불로소득─부도덕한 상행위─인성을 버린
  교육

─양심을 버린 쾌락─인본성을 무시한 과학

─희생을 모르는 자에 대한 예찬

■ 현재 문제를 줄이는 과거 문제

현재의 문제를 줄이는 방법 중의 하나는 지금과 같은 상황이나 지
금보다 더 나쁜 상황에서, 당신이 봉착했던 문제를 인내와 적극
적인 노력으로 헤쳐나가기 불가능할 것 같은 상황에서 해결해낼
수 있었던 경험을 상기해 보는 것이다. 이렇게 상기해 보면 당신
은 현재의 문제에 이끌려 다니지 않을 것이다.

■ 상대를 제압하는 자기제어

다른 사람이 화가 나서 당신을 비방하고 욕설을 할 때 이에 같이
맞장구를 치면 당신은 상대방의 정신수준으로 떨어져 상대방이
당신을 제압한다.

당신이 만약 화내는 것을 참고 침착하게 조용히 있으면 이성을 가
진 평상심이 유지된다. 그러면 상대방은 이에 놀란다. 당신은 그
에게 익숙하지 않은 당신의 무기를 사용하여 그에게 응수하고 있
는 것이며 따라서 당신은 그를 쉽게 제압한다.

─ 나폴레온 힐

■ 과오는 누구나

과오를 범하지 않는 유일한 사람은 아무것도 하지 않는 사람이다. 같은 과오를 두 번 되풀이 하지 않는다면 과오를 두려워하지 말라.

— 루즈벨트

■ 신사의 태도

자기가 약한 것을 분명히 알고, 두려움에 맞서는 데 용감하며, 정직한 패배를 자랑으로 여기나 굴하지 않고, 승리에 겸손하고 조용하다.

■ 완성은 시련을 통해

보석은 연마하지 않으면 광택이 나지 않고 완성은 시련 없이 이루어지지 않는다.

■ 과오는 교훈

당신의 과오는 성공을 위한 새로운 학습이다.

■ 병을 치료하는 쓴 비판

달콤한 것은 병을 가져오고 쓴 것은 병을 치료한다. 칭찬은 달콤하며 과도하면 병이 된다. 비판은 쓴 약과 같아 병을 치료한다. 비판을 환영할 용기를 가지고 겁을 내지 말아야 한다.

■ 버려야 할 선입견

세계 어느 곳에 살든 그 곳의 인종, 종교, 피부색, 전통을 싫어하
는 것은 알라스카에 사는 에스키모가 눈을 싫어하는 것과 같다.

■ 보기 쉬운 남의 허물

남의 허물은 보기 쉽고 자기 허물은 보기 어렵다.

남의 허물은 왕겨 키질하듯 가려내고 자기의 허물은 교활한 사냥
꾼이 몸을 숨기듯 숨긴다.

— 붓다

■ 휴식과 게으름

휴식은 긴장을 푸는 것이지만 게으름은 녹이 슬고 있는 것이다.

■ 인격을 흐리게 하는 속임수

속임수는 자기도 모르게 자신의 본래의 인격을 가려버리는 안개
이다. 그것은 본래의 자신의 능력을 감소시키고 내적 모순을 강
화시킨다.

— 나폴레온 힐

■ 권위를 발휘할 때

권위가 필요할 때는 확고해야 하지만 권위를 발휘하고 있을 때는
부드럽고 친절해야 한다.

■ 통치자의 열 가지 본분

―자유로운 사고를 가지며 이기적인 생각을 버릴 것

―높은 도덕적 품성을 지닐 것

―피통치자의 복리를 위해 일신의 만족을 희생할 준비가 되어 있
    을 것

―정직하고 절대적으로 흠결이 없을 것

―피통치자들처럼 간소한 생활을 할 것

―어느 누구에 대해서도 증오를 버릴 것

―비폭력적 태도를 유지할 것

―인내심을 가질 것

―평화와 조화를 위한 여론을 존중할 것

― 붓다

■ 가난에서 오는 이익

나는 가난하게 태어난 것을 감사하게 생각한다. 가난하게 태어났
기에, 나는 금이 든 주머니를 목에 걸고 부자 부모의 채찍을 받아
야 할 부담이 없다.

― 니폴레온 힐

■ 불관용에 대한 관용

관용을 배우는 최선의 방법은 불관용에 대해 관용으로 대하는 것
이다.

261

■ 상승은 도전으로
연은 바람을 안고 떠오르지 등지고 떠오르지 않는다.

■ 신성과 인본성을 함께 가져오는 성실성
성실성은 신성과 인간을 하나로 묶는 유일한 덕성이다.

■ 겸손속에 있는 지혜
겸손은 지혜의 첫 징후이다.

— 부커 T. 워싱톤

■ 주인을 따를 것
개 주인을 따르면 개는 결코 물지 않는다.

■ 진실한 봉사
겸손하지 않는 봉사는 이기적이고 자기중심적이다.

■ 강함은 육체에 있지 않고 마음에 있는 것
강함은 육체적 활력에 있지 않고 불굴의 의지에서 온다.

■ 만족
나는 신발이 없어 불평했으나 다리가 없는 사람을 보고 만족을 알았다.

■ 우선되어야 할 자기통제

자기를 먼저 통제하지 않고는 남을 통제할 수 없다.

자신을 잘 통제하도록 수련된 사람은 어떠한 상황에서도 남을 훼손하거나 어떠한 이유에서든 보복을 하지 않는다.

자신을 통제할 줄 아는 사람은 자기에게 동의하지 않는다고 미워하지 않으며 그 대신 동의하지 않는 이유를 이해하려고 노력하며 그렇게 함으로써 이익을 얻는다.

— 나폴레온 힐

■ 언제나 행복해지는 방법

─들은 것을 모두 믿지 말 것.

─하고 싶은 것을 모두 하지 말 것.

─아는 것을 모두 말하지 말 것.

─가진 것을 모두 사용하지 말 것.

─보는 것마다 모두 사지 말 것.

그러면 당신은 언제나 행복할 것이다.

— 마르틴 루터

■ 단순한 관심보다는 행동으로 보이는 친절

어려움에 처한 사람에게 단 한 번의 친절한 행동으로 기쁨을 주는 것은 그를 위해 천 번을 기도해 주는 것보다 낫다.

— 사아디

■ 흔쾌한 태도로 이루어지는 과외의 의무

즐거운 마음으로 흔쾌히 의무를 마치지 않으면 완수한 모든 의무는 완수된 것이 아니다.

— 찰스 벅스톤

■ 국가형성의 네 가지 원리

예의, 정의, 성실, 염치, 이 네 가지는 국가형성의 기본 윤리이다. 이 네 가지 윤리의 기본이 적절히 유지되지 않으면 국가는 붕괴를 맞게 될 것이다.

— 콴 쯔

■ 잘못은 사람에게 있는 것

세상은 선한 것도 악한 것도 아니다. 이 세상은 범죄자도 낳고 성자도 낳으며, 우둔한 사람도 깨달음을 얻은 사람도 낳는다. 같은 진흙에서 아름다운 것과 추한 것이 만들어지고, 쓸모 있는 것과 쓸모 없는 것이 만들어진다. 문제는 도공에 있는 것이지 진흙에 있지 않다. 이 세상이 무언가 잘못된 것이 아니라 우리 인간에게 무언가 잘못이 있다.

■ 나의 악행을 기억하는 사람들

내가 선행을 하면 남들은 잊으나 악행을 하면 모두가 이를 기억한다.

■ 지도자는 정의롭고 선량할 것

한 나라의 지도자가 정의롭고 선량하면 대신들이 이를 따를 것이고, 대신들이 정의롭고 선량하면 관리들이 이를 따를 것이며, 관리들이 정의롭고 선량하면 백성들이 이를 따를 것이다.

— 붓다

■ 실패에서의 재기

위대한 영광은 결코 실패하지 않는 것이 아니라 실패할 때마다 이를 딛고 일어서는 것이다.

— 공자

■ 순조로울 때보다 난관에서 훌륭하게 되기 더 어려운 것

적당히 잘 하는 것은 그다지 어렵지 않으나 뛰어나게 잘 하는 것은 더 어렵다.

그러나 비난과 비판, 방해에 직면해도 굳건한 정신으로 남에게 어떻게든 봉사하는 것은 가장 어렵다.

■ 자존심을 버리면 오는 내적 평화

자존심을 억누르기란 참으로 어렵지만 누그러뜨릴 수는 있을 것이다.

자기의 자존심을 희생한다면 내적 평화와 참된 행복을 맛볼 것이다.

■ 위대한 자

위대한 그릇으로 태어난 사람이 있고 위대하게 되는 사람이 있으며 위대하게 되기 위해 인간관계를 이용하는 사람이 있다.

— 도날드 부스틴

■ 승리자

남을 이긴 자는 강하다. 그러나 자기 자신을 이긴 자는 가장 강하다.

— 노자

■ 실패는 스승

실패는 회복할 수 없는 것이 아니다. 실패를 우리의 청부인으로 삼지 말고 스승으로 삼아야 한다. 실패는 더 큰 새로운 성취를 위해 우리에게 도전하는 것이지 우리를 절망의 깊은 수렁으로 끌어내리려는 것이 아니다. 정직한 실패에서 값진 경험을 얻는다.

— 윌리암 아서 와아드

■ 인생의 교훈

위인의 일생은 우리에게 교훈을 준다. 우리는 인생을 숭고하게 살 수 있다. 그리고 이 세상을 떠나면 모래 위에 한 때의 발자국을 남긴다.

— 헨리 워즈워드 롱펠로우

■ 경험을 통해 얻는 확신

확신은 항상 정의로움에서 오는 것이 아니라 불의를 범할 두려움이 없는 데에서 온다.

— P. J. 메신타이어

■ 노력

단순히 바란다고 얻는 것이 아니라 올바른 노력을 해야 얻는다.
동물들은 잠자는 백수의 왕, 사자의 입안으로 뛰어 들지 않는다.

— 히토파데사

■ 최후의 승리를 얻는 훌륭한 인격

훌륭한 인격을 갖춘다면 사람들이 보기에는 그것이 일반인들과 별 차이가 없는 것처럼 보이나 어떤 일에든 결국 그가 승리한다.

— 나폴레온 힐

■ 좋은 결과를 가져오는 역경

보석은 갈아야 광택이 나고 역경은 사람을 완성으로 이끌어준다.

■ 비판은 친밀한 사람이 하는 것

비판이 친밀한 사람이나 좋은 친구가 한 분명한 비판이라면 받아드릴 만하다. 그렇지 않은 비판은 쓸데없는 짓이며 비판받는 사람을 긍정적으로 변화시킬 힘을 가지지 못한다.

■ **네 종류의 사람들**

—아무리 사소한 것이라도 자기의 결함을 찾아 이를 고치고 남의
　　좋은 점을 찾으려는 사람.

—자기의 좋은 점과 남의 좋은 점을 보는 사람.

—자기의 좋은 점과 남의 나쁜 점만 보는 사람(남이 한 일을 나쁘게
　　만 보려는 사람).

—긍정적인 것을 모두 부정적으로만 생각하고 남의 선행을 비난
　　하는 사람.

■ **고무적인 사실**

의식적인 노력으로 자기의 인생을 향상시키려는 믿음직한 인간
의 능력보다 더 고무적인 사실을 나는 알지 못한다.

■ **더 밝은 촛불**

남의 촛불을 불어 꺼버리면 남들 보기에 자기의 촛불이 더 밝아
보인다.

■ **모범으로 지도**

모범을 보여 사람을 지도하라.

어떤 말이든, 어떤 지시든 그것은 한갓 음조일 따름,

아니면 할 일, 하지 말아야 할 일을 가르칠 따름이다.

■ 금지

아무도 모르게 하려면 그 일을 안 하면 된다.

— 중국 속담

■ 비밀

모든 사람에게 한 말은 아무에게도 안 한 말과 같다.

15

부와 성공의 의미

부와 성공의 의미

부유한 사람이나 생활공동체 또는 국가는 물질적 복지에 기여할 수 있는 재화를 소유하고 있다는 의미에서 모든 사람에게는 부자로 보인다. 부(富 wealth)는 원래 행복(weal)을 뜻하는 것이었는데 용법이 정신적 행복 그 자체보다도 일반적으로 물질적 행복 상태를 증진시키는 물자를 의미하는 것으로 점점 바뀌게 되었다. 부는 복지에 기여하는 기본적 물자의 집적으로 이루어져 있고 이러한 물자를 재화라 한다. 현대 경제에서 부의 소유는 점차 간접적인 것이 되어 주식, 채권 등 기타 소유권의 수단으로 나타난다. 그러므로 부는 이러한 수단과 이의 금전적 가치, 그리고 화폐 그 자체까지도 포함하여 이루어지고 있는 것으로 생각된다. 붓다는 탐욕의 극복과 안빈의 필요성을 강조하였기에 사람들은 불교가 부의 축적을 부정한다는 잘못된 생각을 가지고 있다. 붓다는 사회구성원 모두에게 철저한 정신 계발을 위해 물질에 등을 돌리고 비구(比丘)나 비구니(比丘尼)의 생활을 하라고 한 것은 아니다. 시갈로바다 숫따와 브야가빠자 숫따[22]라는 유명한 경에서 붓다는 부

---

22) 시갈로바다 숫따(Siṅgālovāda-sutta 尸迦羅越經): 長部, 大品 31의 經.
   브야가빠자 숫따(Vyagghapajja sutta 長膝經): 增支部 VIII-54의 經.

를 축적하는 방법과 자선을 하고 친척을 도우며, 근검절약하고 자비를 베풀며 재물을 쓰는 방법에 대한 중요한 충고를 하고 있다.

그러나 불교가 금하는 것은 순전히 물질주의의 노예가 되는 것이다. 서글픈 일이지만 선진국과 개발도상국의 사회는 부를 지상목표로 추구하고 정신계발을 위한 수단으로 여기고 있지 않다. 다른 것은 돌보지 않고 부만 추구하는 것은 옳지 못하다. 국가적 차원에서 보더라도 정부가 성장 발전이라는 명분으로 자연환경을 훼손하면 국민은 쾌적한 생활에 대한 확신을 가지지 못한다.

불교는 부를 얻더라도 가정과 불우한 사람을 위해 쓰도록 가르치고 있다. 성공은 상관 관계적 개념이다. 자기가 하는 일에 물질적으로 성공하더라도 정신적인 것에 대한 관심을 결코 잊지 말아야 한다. 물질적 성공이 정신적 발전에 도움이 된다는 것을 알기만 하면 우리는 사려 깊게 양자를 추구할 수 있을 것이다.

다음과 같은 문구를 하루에도 몇 번씩 되새겨 보기를 권고한다.

"나는 성공할 수 있는 사람이다,

나는 성공한 사람이 될 것이다,

나는 성공한 사람이다."

아침에 잠에서 깨면 이것을 여러 번 되뇌여 본다. 밤에 잠자리에
들기 전 이것을 되뇌이기를 일상생활화 한다. 위 세 문구는 그 내
용대로 성공의 3단계를 이루게 한다.

"나는 성공할 수 있는 사람이다."라는 생각은 인정의 국면이다.
여러분은 여러분이 성공할 수 있는 사람임을 인정하고 있다.

"나는 성공한 사람이 될 것이다"는 실현의 국면을 나타내고 있
다. 여러분은 이 바른 생각이 여러분을 성공으로 이끌 것이라는
것, 그래서 여러분은 바르게 생각하기로 결심했기에 여러분은 성
공한 사람이 될 것이라는 것을 알고 있다. 이 성공은 물론 물질적,
정신적 양자의 성공을 의미한다.

■ 세 가지 큰 보물

나는 가르칠 것이 꼭 세 가지가 있다. 검소, 인내, 연민, 이 세 가지이다.

이 세 가지는 사람이 가지는 최대의 보물이다.

단순한 행동, 단순한 생각은 사람의 본래 모습으로 돌아오게 한다.

친구에게든 미운 사람에게든 인내로 대하면 물 흐르듯 산다.

자기 자신에 대한 사랑으로 이 세상의 모든 것과 타협이 된다.

— 노자

■ 상이한 결과

병을 치료하는 약이 사람에 따라 독이 될 수도 있다. 이처럼 정신 발전을 위한 방법이 사람에 따라 불쾌한 것이 될 수도 있다.

어리석은 사람은 가진 재산 때문에 괴로움을 당하지만 현명한 사람은 가진 재산을 현명하게 사용한다.

■ 입안의 도끼

사람은 입안에 도끼를 가지고 태어났다.

거친 말로써 스스로를 찍는다. 칭찬 받아야 할 사람을 비판하고 비판 받아야 할 사람을 칭찬한다. 이런 행동의 결과는 제 자신에게 돌아와 복을 얻지 못한다.

— 붓다. 율장(律藏)

■ 좋은 것도 나쁜 것도 아닌 부

감각적 기쁨이 있는 이 세상 생활이 좋은 것도 나쁜 것도 아니듯 이 부 자체는 좋은 것도 나쁜 것도 아니다. 문제는 부를 어떻게 얻었으며 어떤 정신으로 어떻게 부를 사용했느냐 하는 것에 있다. 부당하게 부를 얻고 이기적으로 부를 사용하는 사람들이 있다. 어느 쪽이든 진정한 행복을 얻지 못한다. 그러나 부는 남을 해치지 않고 정당하게 얻을 수 있으며 탐욕이나 육욕 없이 즐겁게 사용할 수 있다. 부에 대한 집착의 위험성을 조심해야 하며 선행을 하면서 남과 부를 나누어야 한다. 부나 선행보다 갈애와 탐욕으로부터 해방이 목표임을 알아야 한다. 이렇게 하면 이러한 부는 기쁨과 행복을 가져오고 자기 자신을 위해서가 아니라 모든 사람을 위해 부를 가지게 된다.

— 붓다

■ 부자의 지갑과 학자의 펜

부자는 지갑을 자랑으로 삼고 학자는 논문에서 자랑을 느낀다.

— 아랍 속담

■ 이루어지지 않는 야망

야망은 가슴속에 찬 너무나 강렬한 열정이어서 아무리 높은 곳에 도달하여도 만족되는 법이 없다.

— 니콜로 마키아벨리

■ 말의 위력

말은 파괴하기도 하고 치유하기도 한다.

진실하고 친절한 말은 이 세상을 바꾼다.

— 잭 콘필드

■ 돈보다 시간

잃어버린 돈은 보충할 수 있지만 잃어버린 시간은 영원히 찾지 못한다.

■ 성공의 비결

−가장 좋아하는 일의 선택

−열정적이고 낙천적인 사람들과 접촉할 수 있는 환경

−재정적 성공

−일상적인 자기 업무에서 성공의 15가지 법칙을 완전히 습득하고 응용하는 것

−건강

−남에게 도움이 되는 유용한 지식

−자기 직업에 어울리는 훌륭한 복장

— 나폴레온 힐

■ 악마의 일터

게으른 마음은 악마의 활동무대이다.

■ 게으른 자의 위험

게으른 자는 부자든 가난하든, 피부색이 검든 희든, 교육을 받은 사람이든 문맹이든 결코 안전하지가 않다.

■ 패배와 실패의 차이

일시적 패배와 실패의 차이를 안다면 당신은 행운아이다. 그러나 성공의 씨앗은 당신이 경험한 바로 그 패배속에 숨어 있다는 진리를 안다면 당신은 더 행운아이다.

■ 잔혹한 주인인 가난과 부채

가난 그 자체만으로도 포부를 꺾기에 충분하며 자신감과 희망을 잃게 하는데 부채는 이를 가중시킨다.

■ 베품에서 나타나는 인간 가치

인간의 가치는 베푸는 사람에게서 찾아야 하며 베품을 받을 수 있는 사람에게서 찾지 않아야 한다.

— 알버트 아인슈타인

■ 게으름을 피하기 위한 적당한 일

게으른 사람은 없다. 게으른 사람으로 보이는 것은 그에게 알맞은 일을 찾지 못한 불행한 사람일 따름이다.

— 나폴레온 힐

■ 오늘 할 일

성공적인 행복한 삶은 지나간 일과 미래의 일에 근심하는 것이 아니라 지금 해야 할 일을 하는 것이다.

■ 이룰 것 없는 이기심

위대한 성취는 항상 위대한 희생에서 나왔으며 결코 이기심에서 나온 것이 아니다.

■ 성공의 세 구성요소

봉사, 희생, 극기, 이 세 가지이다. 세상을 이익 되게 하는 데 성공하는 사람은 이 세 가지 말을 깊이 이해해야 한다.

■ 남을 해치지 않는 생업

축복 있으라, 남을 해치지 않고 생계를 이어가는 사람들이여.

■ 큰 손실

다섯 가지 손실이 있으니 친척, 부, 건강, 도덕성, 정견, 이 다섯이니라.

친척과 부, 건강을 잃어도 죽어서 바람직하지 않은 상태, 지옥의 상태에 빠지는 자는 아무도 없으나 도덕성과 정견을 잃으면 죽어서 이러한 상태로 떨어지느니라.

— 붓다. 장부 Ⅲ— 235

■ 망하는 길을 재촉하는 부도덕

도박, 음주, 방탕과 같은 태만한 생활로 부를 잃어 고통을 받고 나쁜 소문이 퍼진다. 어느 모임에 가도 신뢰를 얻지 못하고 마침내 산란한 마음으로 죽어 불행한 존재로 태어나게 된다.

— 붓다

■ 유용한 교육

자녀 교육에 많은 돈을 지출하면서도 덕성 함양을 태만히 하는 것은 말을 키우면서 크게만 키우고 유용하게 훈련시키지 않는 것과 같다.

— 소크라테스

■ 당신을 품위 있게 만드는 것

당신의 부로 집만 호화롭게 꾸밀 수 있을 뿐 당신을 꾸미지 못한다. 오로지 덕성이 당신을 품위 있게 만든다. 당신은 의상으로 몸치장은 할 수 있으나 인격을 꾸미지 못한다. 오로지 선행이 인격을 꾸민다.

■ 승리는 정의에

정의는 결국 승리하기에 불의의 다수보다 정의의 소수와 함께 하는 것이 훨씬 낫다.

— 나폴레온 힐

■ 네 종류의 즐거움

—재산을 모아 얻는 즐거움.

—재산을 생활에서 지는 책임을 다하는 데 사용하여 얻는 즐거움.

—빚이 없어 얻는 즐거움.

—부끄러움이 없는 생활에서 얻는 즐거움.

— 붓다

■ 재물을 써서 얻는 것

지나친 부의 축적은 행복의 원천이 아니라 근심과 불안을 불러 온다. 부의 탐닉은 멸망을 불러 온다. 많은 부자들이 꿀을 탐하여 날라 다니는 개미가 꿀단지에 빠지듯 종말을 맞는 일이 종종 있다.

■ 은빛으로 빛나는 먹구름의 안쪽

두 종류의 재앙이 있다. 나의 불운과 남의 행운이다.

— 앰브로즈 비어스

■ 만족을 모르는 재물 쌓기

재물 쌓기는 바닷물과 같다. 마시면 마실수록 더 갈증이 생긴다.

■ 부자 친구는 잃기 마련

친구가 부자가 되기를 빌지 말라. 부자가 되면 그 친구를 잃는다.

— 아랍 속담

■ 도박에서 딴 돈

도박으로 부를 얻으려는 사람은 흘러가는 구름에 햇빛을 피하려는 사람과 같다.

■ 최고의 성취

건강은 최고의 얻음, 만족은 최대의 재물, 정직은 최선의 친척, 열반은 무상의 행복.

— 붓다

■ 이익이 있는 곳

온 세상을 얻고도 영혼을 잃어 고통을 받는다면 무슨 소용 있으리.

— 예수 그리스도

■ 성공에 도움을 주는 실패

실패는 성공의 베개에 불과하다. 실패에서 배우면 성공을 이룬다.

결코 실패하지 않는다는 것은 결코 성공하지 못하는 것과 같다.

실패와 그 쓰라림을 맛보지 않으면 승리의 달콤한 맛을 알지 못한다.

실패는 성공을 하도록 도울 뿐 아니라 활기와 열정을 불어넣어 주고 경험을 풍부하게 한다.

■ 금전만능 사상

돈이면 무엇이든 할 수 있다는 생각으로 돈을 위해 수단 방법을 가리지 않는 일이 자주 일어난다.

■ 근심을 불러오는 재물

많은 재물이 기쁨이 되는 것은 젊을 때뿐이다. 인생의 황혼기에 이르면 재물은 근심을 낳게 한다. 늘그막에 행복하기를 바란다면 도움이 필요한 사람들을 위한 뜻있는 일에 돈을 써야 한다.

■ 자기 정복

어떤 결정적 승리도, 어떤 찬양할만한 성취도, 어떤 거창한 정복도, 어떤 뜻 깊은 성공도, 자기 정복에 미치지 못한다.

■ 정의로서 충분

바라는 것을 이루게 하지 말고 정의로운 것을 이루게 하라.

■ 도움을 주는 장해

장해 없이는 기회도 없다.

■ 가치 있는 사람

성공한 사람이 되느니 차라리 가치 있는 사람이 되라.

— 알버트 아인슈타인

■ 부자와 가난한 자

베푸는 자는 모두 부자이며 베품을 거부하고 지니기만 하는 자는 모두 가난한 자이다.

■ 공수거(空手去)

당시 알려진 세계 거의 모두를 정복했으나 애석하게도 자기 자신을 정복하지 못한 알렉산더 대왕은 꺼져가는 마지막 숨결속에서 그의 장군들에게 다음과 같이 말한 것으로 전해지고 있다.

"내 시신을 화장할 나무 위에 올려놓을 때 나의 손바닥을 하늘로 향해 펴놓아 내 비록 세계를 정복했으나 가지고 가는 것이 아무것도 없음을 모두가 보게 하라."

— '인생관을 위한 일성록'

■ 득실 모두가 실망

바라는 것을 얻지 못함과 바라는 것을 얻음, 모두가 실망스러운 것이다.

— 잭 콘필드

■ 보시(布施)의 다섯 가지 공덕

비구들이여, 보시를 하면 받는 자에 주는 다섯 가지가 있나니, 장수, 아름다움, 위로, 체력, 이해력, 이 다섯 가지니라.

— 붓다. 증지부

■ 성공과 행복

성공은 바라는 것을 얻는 것이고, 행복은 얻는 것을 필요로 하는 것이다.

— W. P. 킨셀라

■ 집단 결정

세 사람으로 구성된 위원회가 아니면 아무것도 이루어지는 것이 없다. 세 사람이란 한 사람은 마침 병이 들고 두 사람은 결석한 사람이다.

— 헨드릭 판 루운

■ 기회

좋은 기회는 모든 사람에게 오지만 기회가 와도 대부분의 사람들은 알지 못한다. 기회를 포착하는 유일한 대비책은 하루 하루의 생활을 단촐하고 성실하게 사는 것이다.

— A. E. 던닝

■ 즐겁게 일하는 세 가지 기본요소

일터에서 즐겁게 일하려면 세 가지가 필요하다.
하는 일에 적응할 것, 일에 지나친 욕심을 부리지 말 것, 마지막으로 성취감을 가질 것.

16

평화는 전쟁으로 오지 않는다

평화는 전쟁으로 오지 않는다

전쟁은 국가간의 폭력의 충돌이다. 비록 용어를 독립전쟁, 계급투쟁 등 여러 형태의 충돌을 표현하는 데 사용하지만 전쟁은 정치의 한 단면이다. 전쟁에 대해서는 인간사 어떤 다른 분야와 마찬가지로 수많은 용어와 기록이 남아 있다. 역사의 여명기 이전부터 일단의 인간집단은 다른 인간을 사냥하는 데 무기를 이용했다. 수세기 동안 인간은 전쟁을 기상이나 질병, 대양과의 투쟁처럼 피할 수 없는 인간의 운명으로 보았다.

위대한 소설가 레오 톨스토이(Leo Tolstoy 1828-1910)는 1885년 '전쟁과 평화' 라는 소설을 썼는데 여기에서 그는 잔혹하고 어두우며 진절머리 나는 행위를 서슴없이 저지르며 운명적으로 부과된 인간의 역할을 하지 않을 수 없는 개개인의 운명을 보여주고 있다.

평화 없이 이 지상에서 진정한 행복이 있었던 적이 없었고 앞으로도 없을 것이다. 불교는 무엇보다도 인과율(因果律)을 가르치고 있다. 평화도 예외가 아니다. 평화는 근본적으로 전쟁이 없어야 온다. 평화는 결과요 목적이지 도구가 아니다. 단순히 소망하거나 기도한다고 해서 오는 것이 아니다. 노력으로 얻어야 하는 것이며 인간관계의 모든 짜임새를 정의의 원리로 짜서 만들어야 한다.

평화의 반대는 충돌 또는 전쟁이며 붓다에 의하면 이것은 모든 사람의 불행의 원인이다.

전쟁은 긴장의 결과요 긴장은 그 종류가 여러 가지이다. 국제적 긴장이 있는데 그 중에는 역사적 유산으로 물려 받은 것도 있다. 가진 자와 가지지 못한 자의 경제적 긴장도 있다. 이러한 다방면의 긴장은 공포와 의심, 증오와 보복심을 낳는다.

한 개인의 인생과 환경 그리고 그의 세계는 그의 생각과 신념의 투영이다. 모든 사람은 그의 겉모습을 비춰주는 거울이다. 모든 사람은 세상 사람들과 세상사를 보면서 자기 자신을 드러내 보여주는 거울을 들여다보고 있다. 스티븐슨(R. L. Stevenson)은 이런 말을 한 적이 있다.

"최악의 경우에도 좋은 것은 있으며
최선의 경우에도 나쁜 것이 있다.
누군가에게 나쁜 일이 일어난다 해도
그 일을 나쁘게 보는 것은 나머지 사람들의 몫이다."

장미도 가시가 있다. 그런데 장미의 아름다움을 감상하면서 가시를 왜 탓하는가? 볼톤(Bolton)은 다음과 같이 말했다.

"나는 아우를 비판의 현미경으로 보며
'얼마나 거친 아우인가' 라고 말합니다.
나는 아우를 조롱의 망원경으로 보며
'얼마나 보잘 것 없는 아우인가' 라고 말합니다.
그 다음 진리의 거울을 보며
'아우는 얼마나 나를 닮았는가' 라고 말합니다."

모든 사람은 각자 자기가 만든 세상에 살고 있다. 사람은 다른 사람과의 관계에서뿐만 아니라 자기 자신에게까지도 허위에 차고 기만적이다. 중요한 것은 이따금 자기 자신을 속이는 일이다. "우리는 생각하는 대로 행동한다."

"전쟁이 일어나는 것은 인간의 마음속에 있는 것이므로 평화의 성벽을 쌓는 것도 인간의 마음에 있다." 유네스코(UNESCO) 전문(前文)은 전쟁이 인간의 마음속에서 일어남을 상기시켜주고 있다. 붓다는 법구경(法句經 Dhammapada) 의 첫 구절에서 같은 경구를 주어 수세기에 걸쳐 기억되고 있어 사실 붓다는 그 보다 훨씬 앞서고 있으며 나아가 모든 선과 악은 마음에 그 근원이 있다고 선언했다.

■ 세계를 파멸시키는 자

인간이 이 세상을 불바다로 만들고 이 지상에서 인류를 절멸시킬 수 있다는 것을 알게 되자 신이나 악마가 이 세상을 파멸시킬 수 있다는 수천 년 동안의 오랜 믿음은 설자리를 잃게 되었다. 그래서 오늘날 인류가 직면하고 있는 위기를 충분히 자각하고 있는 사람들도 있다.

■ 이기적 갈망이 충돌의 원인

진정 이기적 갈망에 의해서, 이기적 갈망이 조건이 되어, 이기적 갈망에 내몰려, 이기적 갈망에 전적으로 충동을 받아, 왕은 왕과, 왕자는 왕자와, 성직자는 성직자와, 시민들은 시민들과 싸우고, 어머니는 아들과, 아들은 아버지와, 오빠는 누이동생과, 누나는 남동생과, 친구들은 친구들과 다투나니 이에 그들은 죽음이나 극심한 괴로움을 당하느니라.[23]

— 붓다. 중부 I-86

■ 충돌의 연속인 세계

이 세계는 조리 있게 배열된 질서가 아니라 충돌하는 세력들의 우발적 배열의 연속이다.

— 소크라테스

---

23) 불교 근본경전의 내용은 그럴 이유가 있지만 대개 지루 하리 만큼 반복되는 문구가 많은 것이 특색이다. 본문은 그런 구절을 원문 그대로 영역한 것을 옮긴 것이다.

■ 살아남는 자 없는 전쟁터

냉전의 바람이 전 세계를 휩쓸고 있다. 이 위험스러운 상황은 지구에서 인류를 절멸시킬 수 있다. 결국 이 싸움에서 이겨 살아남는 자는 아무도 없을 것이다.

■ 두려움과 근심의 원인이 되는 충돌

사람은 자연과 싸우고, 남들과 싸우고, 자기 자신과 싸운다.

■ 끝내 성공하지 못한 정복자들

세계의 위대한 정복자들은 세월이 지나면 사라진다는 사실을 전쟁터의 소위 지휘관이라는 사람들은 모르고 있다. 그들의 죽음에 눈물을 흘리는 사람은 아무도 없다.

그러나 자애와 연민으로 사람들의 마음을 정복한 위인들은 사람들의 마음속에 남아 위대한 정복자로 존경을 받는다. 수백만의 무고한 사람들을 살상하고 재앙을 초래하여 자기의 목적을 달성하려는 잔인한 지도자들은 끝내 성공하지 못한다.

■ 필요 없는 근심

이 태양 아래에서 모든 문제는 해결책이 있기도 하고 없기도 하다.

있으면 찾도록 하고 없으면 그만이지 왜 없다고 근심하는가?

— 산티데바

■ 고귀한 승리자

전쟁터에서 수백만 명을 정복한 자보다 자기 자신을 정복한 자가 더 고귀한 정복자이다.

— 붓다. 장부 102–103

■ 이기적 욕구에서 오는 괴로움

불교는 사람들의 불행이 금전으로 얻는 감각적 쾌락과 남을 지배하려는 권력에 대한 탐욕, 그리고 무엇보다도 죽은 후에도 '영생'하려는 강한 집착 때문에 온다고 가르치고 있다. 이러한 욕구가 이기심을 낳게 하여 항상 자기 자신만을 생각하고 자기 자신을 위한 것만 구하며 다른 사람들의 생각은 조금도 하지 않는다. 이들이 구하는 것은 종내에는 다 구할 수 없기에 마음이 초조하고 불만에 차 있다.

이러한 초조감을 피하는 유일한 길은 이를 유발하는 이기적인 욕구를 제거하는 일이다. 이것은 대단히 어려우나 성공하기만 하면 괴로움이 사라지는 경지에 도달한다.

■ 상이한 정신 수준

개는 뼈다귀를 좋아하지 풀을 좋아하지 않으며 소는 풀을 좋아하지 뼈따귀를 좋아하지 않는다. 마찬가지로 평온보다는 흥분거리를 좋아하는 사람이 있는가 하면 흥분거리보다는 평온을 좋아하는 사람이 있다.

■ 화내는 이유

사람들 중에는 잘못을 저지르고도 이를 인정하지 않고 항상 화를
내는 사람이 있다.

■ 갈애의 성격

자기의 인생에 결코 만족하지 못하는 사람이 있다. 온 세상을 다
얻어도 그의 인생의 목적은 달성되지 않는다.

■ 제 이익만 위하는 사람들의 고독

제 이익만 위하는 사람들은 다른 사람들과의 관계에서 다리를 놓
지 않고 벽을 쌓으므로 고독하다.

■ 현대인의 심신의 괴로움

현대인들은 일상생활에서 심한 중압감을 받고 있다. 육체적으로
는 괴이한 병으로 뜻하지 않은 죽음에 굴복해야 하는 애처로운
상황으로 악화되어 있고, 정신적으로는 지나친 긴장 상태로 안정
을 취하는 방법을 잊어 수면제의 도움 없이는 깊은 잠을 이루지
못한다.

■ 수행된 마음의 바탕은 평온

평온은 유약한 것이 아니다. 수행된 사람은 언제나 평온한 태도
를 보인다.

■ 현실에 대한 근심은 금물

불교는 현실과 장래의 일에 대해 근심하지 말고 현재 이 자리에서의 마음상태에 관심을 가질 것을 가르치고 있다. 현재의 마음상태를 살피면 내일도, 장래도 이에 따르게 된다.[24]

■ 해결책이 되지 못하는 보복

'눈에는 눈'이라는 보복정책은 온 세상 사람들을 장님으로 만든다.

— 마하트마 간디

■ 공존을 위한 지계

종교의 계율을 지키는 것은 자기 자신을 위한 것일 뿐 아니라 다른 사람의 평화도 지키게 된다. 남의 집과 내 집 사이에 울타리를 치는 것은 내 집뿐 아니라 남의 집도 보호하는 것과 같다.

■ 조화

내가 남들의 기대대로 살아가는 방법을 모르는데 어찌 남들이 내 기대대로 살아가기를 바라겠는가!

---

24) 본 절은 팔정도의 정념의 사념처(四念處: 身念處, 受念處, 心念處, 法念處) 중 심념처를 말하고 있다. 심념처란 마음의 움직임을 챙겨 아는 것-즉 기뻐하고 있는 마음을 기뻐하고 있는 마음으로 알고, 화를 내고 있는 마음을 화를 내고 있는 마음으로 알며, 욕심을 내고 있는 마음을 욕심을 내고 있는 마음으로 아는 둥-이다. 이것은 불교 수행의 핵심으로 이 수행을 통해 무상, 고, 무아를 앎알이로만 아는 것이 아니라 그대로 체험하게 되며 실제로 여실하게 체험하는 경지에 도달하려면 꾸준한 수행이 필요하다고 한다.

■ 이기적 욕구의 충돌과 근심

우리가 가진 근심과 겪고 있는 괴로움은 우리의 이기적 욕구의 충돌과 무상하게 변하는 세상의 여러 조건들에 지나지 않는다. 이것을 이해하도록 마음을 수행하면 근심과 괴로움을 극복할 수 있다.

■ 감각적 즐거움과 정신적 즐거움

감각적 즐거움을 얻으려면 외부의 대상이나 관여자가 필요하지만 정신적 즐거움은 이런 것에 의존하지 않는다.

■ 조화로운 삶

자연법을 따라 조화롭게 살 때에만 건강, 성공, 만족, 평온을 얻을 수 있다. 자연법을 거슬러 생활하면 병환, 실패, 불만, 근심과 불안을 겪게 된다.

■ 함께 할 건강과 희망

건강한 사람은 희망을 가지며 희망을 가진 사람은 모든 것을 가진다.

■ 행복과 불행은 모두 자신에게

당신을 행복하게 하거나 불행하게 하는 것은 당신의 처지가 아니라 당신의 기질에 달려 있다.

■ 충돌에 대처할 때 오는 평화

평화는 인생에서 충돌이 없어야 오는 것이 아니라 충돌에 대처해야 온다.

전쟁은 피할 수 없는 자연법이 아니다.

■ 웃음의 중요성

진심에서 우러나오는 선량한 웃음은 이 세상 장터에서 신음보다는 만 배의 가치가 있고 한숨보다는 백만 배의 가치가 있다.

— 나폴레온 힐

■ 미소

미소로 살아갈 수 있다면 인생은 항상 당신에게 미소를 보낼 것이다.

■ 재산보다 중요한 건강

한 나라의 건강은 국부보다 중요하다.

— 윌 듀란트

■ 행복한 세계 만들기

개인의 행복은 사회의 행복에 이바지하고 사회의 행복은 국가의 행복을 의미한다. 세계의 행복을 구축하는 것은 국가의 행복에 있다.

■ 행복을 가져오는 원칙

당신 말고는 어느 것도 평화를 가져다주지 않는다. 원칙에 충실하지 않으면 그 어느 것도 당신에게 평화를 가져다주지 않는다.

— 랄프 왈도 에머슨

■ 행복은 얻을 수 있는 것

평화와 행복은 우리가 얻으려고 노력하면 가능하며 언제든지 얻을 수 있다. 과오를 범했을 때 이를 인정하고 사물을 제대로 볼 필요가 있다.

■ 반대 세력을 꺾는 평온의 마음

평온은 악감정에서는 나오지 않는다. 이기심을 극복하고 자애로서 세상을 도와야만 평온이 온다. 평온의 마음은 모든 반대 세력을 꺾는다.

■ 화해하는 법을 배울 것

현실 문제를 대처하는 것보다 과거의 아픈 상처를 잊어버리는 것이 훨씬 수월하다. 그러나 과거는 마음속에 머물러 있기 때문에 지워버릴 수 없다. 과거 일에 대해 평온할 수 있는 유일한 가망은 그것이 더 나쁜 것일 수도 있었다고 생각하는 것과 용서하거나 용서받는 방법, 개심하는 방법, 화해하는 방법이다.

— 스테판 아트버언

■ 자기 자신에 대한 믿음이 제일

남이 당신을 의심해도 자기 자신을 믿으면 마음의 평화를 유지하기에 충분하다.

■ 전쟁과 평화

평화 연구로 유명한 요한 갈퉁 박사는 "전쟁이 없다는 바로 그 이유가 평화가 있음을 의미하는 것이 아니다. 전쟁이 없는 것을 평화와 동일시하는 것은 겉으로 보기에 병세가 나타나지 않는다고 건강한 사람으로 취급하는 것과 같다"고 말했다.

■ 인류 문제의 해결책이 되지 않는 전쟁

충돌과 전쟁은 인간 본성의 발로이기 때문에 피할 수 없다고 주장하는 사람들이 있다. 침략자들이 비현실적이고 근거 없는 주장으로 무고한 사람들을 잔혹하게 살상할 때 가만히 앉아서 당하는 것이 무모한 행동이라고 생각하는 것은 아주 현실적인 생각이라 하더라도, 전쟁은 평화를 위한 마지막 수단에 지나지 못한다는 것을 항상 염두에 두어야 한다.

오늘날 치르고 있는 수많은 전쟁은 자기의 목적을 달성하기 위해 출현한 비양심적인 일개 지도자의 권위주의의 소산이다. 그들은 다수의 합법적인 이익에 반대되는 길로 가면서 추종 세력들이 자기들 편에서 싸우도록 교묘하게 조종하고 있다.

■ 진정한 재산은 만족

나는 남이 뺏을 수 없는 큰 재산을 가졌다. 탕진해지지도 않고 곤두박질치는 주식이나 잘못된 투자로도 잃지 않는 재산이다. 나는 내 인생에 배당된 만족이라는 재산을 가졌다.

— 나폴레온 힐

■ 법과 전쟁

법은 총부리 앞에 무릎을 꿇는다.

— 마오 쩌 뚱(毛澤東)

17

자애심을 파괴하는 분노

자애심을 파괴하는 분노

자애, 보편적 자애는 인간을 괴롭히는 온갖 괴로움에 대한 약이
다. 자애에 관한 최상의 아름다운 칭송은 이 세상 자애의 기초가
되는 어머니의 사랑에 대해 언급하고 있는데 자애경은 다음과 같
이 서술하고 있다.

"자신의 위험에도 불구하고
아기를 보호하는 어머니처럼
모든 살아 있는 존재에 대해
모두 이와 같은 호의를 베풀지니—"

이안 D 수티(Ian D Suttie) 박사는 아주 흥미롭고 깊은 생각을 하게
하는 그의 저서 '사랑과 증오의 기원' 에서 그의 심리학적 연구 결
과 인간 개성의 에너지는 사랑의 의지나 친교의 의지라는 결론에
도달했다고 밝히고 있다. 수티 박사는 이 에너지의 가장 단순하
면서도 순수한 형태가 어머니의 가슴에 안긴 젖먹이에게서 나타
나는 것을 보았다. 이것은 완전히 자유로운 상호주의로서 어머니
와 아기는 서로 추켜 올려진다거나 깎아 내려진다는 느낌을 갖지

않으며 호의를 나타내거나 순종을 받아내려 하지 않고 다같이 서로간의 사랑의 축복을 즐긴다고 수티 박사는 말했다. 이것은, 악은 오로지 그 반대인 선에 의해서만 극복된다는 법구경의 정신에 관한 진리이다.

자애는 증오의 해독제이며 선의는 분노의 해독제이다. 하나가 나타나면 다른 하나는 사라진다. 그런 반면 분노는 폭력을 수반하는 태도, 생동하는 것이거나 생동이 없는 것에 대한 뒤흔들기로 풀이한다. 만약 어떤 사람이나 상황 또는 대상을 보고 그것이 싫어서 폭력적인 방법으로 이를 바꾸려고 격분이나 흥분을 나타낸다면 이것은 비관용적 태도이며 참을 수 없는 것은 무엇이든지 해치려고 드는 인내심이 결여된 태도이다. 이것의 반대가 한편으로는 비관용을 몰아내는 인내심이며 다른 한편으로는 자애인데 자애는 남을 해치려고 하는 것의 반대이기 때문이다. 우리는 보통 원치 않는 일이 일어났을 때에는 이에 대해 화를 내며 또 기대한 것과 일치하지 않는다는 이유로도 대단히 화를 낸다.

■ 육체를 아름답게 하는 덕행

육체적 매력은 없어도 훌륭한 인격 수양에는 지장이 없다. 외모가 추한 사람이라도 자애의 미덕을 닦는다면 평온하고 화사하며 친근하고 안온한 표정으로 많은 사람을 이끌게 될 것이다.

이런 매력은 외모의 결함을 잘 보완한다. 마찬가지로 훌륭한 외모를 가진 사람이 증오심으로 차 있다면 그 외모가 추하게 된다.

■ 식지 않는 온정의 마음

피부의 아름다움이나 고운 색에 신경을 쓰지 말고 따뜻한 온정의 마음을 가져라. 외모와 피부는 늙지만 마음속의 따스함은 결코 식지 않는다.

■ 사랑은 두 번 본 후에

첫 눈에 반해 사랑할 법하나 두 번을 보고 결정하는 것이 항상 안전하다.

■ 네 가지 숭고한 마음의 성격 – 사무량심(四無量心)

자애(慈 Metta 메따)— 호의, 어여삐 여김

연민(悲 Karuna 까루나)— 동정, 더불어 아파함

기쁨(喜 Mudita 무디따)— 남의 행복을 더불어 기뻐함

평온(捨 Upekkha 우뻬까)— 평온, 성실한 마음

— 붓다

■ 추하게 보이는 노여움

성을 내고 있는 사람은 얼마나 추하게 보이는가! 그는 편안한 잠을 이루지 못하니 부자이면서 가난하니라. 분노로 가득 차서 몸과 말로 스스로 다치느니라.

— 붓다. 증지부 1-3

■ 남을 만났을 때의 느낌

나는 남을 만났을 때 그의 인종, 피부 색깔, 종교를 생각하지 않고 인간 가족의 또 한 분을 만났다고 생각합니다.

— 달라이 라마

■ 긍지를 보완하는 자애

우리가 일을 잘하려는 것은 긍지 때문이다. 그러나 일을 완전하게 하는 것은 자애이다.

■ 반사되어 오는 노여움

노여움을 나타내는 것은 바람 속에 먼지를 털어내는 것과 같아 자신이 뒤집어 쓴다. 이에 대해 붓다가 다음과 같이 말하고 있다:
"어리석은 자가 증오의 마음에서 벗어나 청정하게 되어 티끌만한 결점도 없는 사람을 미워하는 것은 바람에 거슬러 오는 먼지를 자기에게 돌아오게 하는 것과 같나니, 증오의 사악함이 자기에게 돌아오게 됨을 알 것이니라."

■ 적대자를 일소하는 노여움 삭이기

한 사람이 얼마나 많은 적대자를 섬멸할 수 있을까? 그 수는 저 하늘처럼 끝이 없다. 그러나 만약 노여움을 삭인다면 모든 적대자는 사라진다.

— 샤티데바

■ 가정은 사랑

집은 나무와 벽돌로 짓고 가정은 오로지 사랑으로 이룬다.

■ 남성의 미덕보다 여성의 미모를 사랑하는 사람들

나는 일찍이 여성의 미모를 사랑하는 정도로 남성의 덕성을 사랑하는 사람을 본 적이 없다.

■ 술로 인한 어눌한 말씨

술이 몸 속에 가라앉으면 말은 떠서 수영을 한다.

■ 시기심의 위험

시기심은 치명적인 독약이다.

■ 술과 사람과의 관계

처음에는 사람이 첫 병째 술을 마시고, 그 다음에는 첫 병의 술이 두 번째 병을 불러 나중에는 술이 사람을 마신다.

■ **지고의 모성과 비극**

한 어머니가 젖먹이를 데리고 동물원에 갔다. 이리저리 구경을 다니다가 밑에 사자가 갇혀 있는 깊은 울타리 안으로 들어가게 되었다.

이리저리 구경을 다니며 시간을 꽤 보냈으므로 아기가 지쳐 짜증을 내며 보채기 시작했다. 아기가 몸부림을 심하게 치는 바람에 어머니는 실수로 아기를 떨어뜨렸고 어머니의 품에서 떨어진 아기는 사자 우리로 빠지고 말았다. 놀란 어머니는 심한 자책으로 오로지 아기만 생각하면서 망설이지 않고 즉시 사자 우리 속으로 뛰어들었다.

말할 것 없이 어머니와 아기는 사나운 사자에게 참혹하게 할퀴고 말았다. 이 사건은 아기를 위해서는 자기 자신도 희생하는 모성의 본능을 보여 주고 있다.

■ **사랑을 파괴하는 의심**

의심이 들어가는 문으로 사랑은 빠져 나간다.

— 토마스 풀러

■ **장님**

동물 중에는 낮에 못 보는 것들이 있는가 하면 밤에 못 보는 것들이 있다. 그러나 증오심으로 가득 찬 사람은 밤낮으로 보지도, 느끼지도 못한다.

■ 자애의 위력

자애는 벙어리가 말할 수 있으며 귀머거리가 알아들을 수 있는 언어이다.

— C. N. 보비

■ 따가운 분노

분노가 크면 클수록 따가움도 크다. 분노는 아주 고통스러운 감각이다.

— 뷔수다짜라 비구

■ 가까운 사람이 아무도 없는 자

자만심이 강한 사람에게는 신이 없으며,

시기심이 강한 사람에게는 이웃이 없고,

성난 사람에게는 자기 자신도 없다.

— 홀

■ 노여움 단절하기

노여움을 끊을지니 행복이 있을 것이며, 노여움을 끊을지니 슬픔이 가실 것이니라. 독이 묻은 뿌리와 날카로운 가시가 있는 갖가지 모양의 노여움을 끊는 것, 이것은 고귀한 사람들이 칭송하는 것이니라. 노여움을 끊음으로써 더 이상 슬픔을 겪지 않으리라.

— 붓다

■ 어지러운 마음은 남의 결함을 보는데서

항상 남의 결함을 보려고 안달하는 자는 자기의 번뇌만 쌓아 번뇌
가 제거되기에 아득 하느니라.

— 붓다. 장부

■ 시기심은 눈 속의 모래

시기심으로 인한 괴로움은 눈 속에 들어간 모래와 같다.

■ 덕성 함양

남의 과오를 비난 말고 남의 사생활을 다른 사람에게 폭로하지 말
며 다른 사람과의 나쁜 관계를 기억 말라. 이것은 자신의 품위를
높이고 재앙을 피하는 길이다.

— 홍 쩨

■ 노여움으로 받는 괴로움

남에게 화를 내면 그를 괴롭게 할 수도, 안할 수도 있으나 자기는
반드시 괴로움을 받는다.

— 뷔수다짜라 비구

■ 근심을 피하는 길

한 때의 화를 참으면 백날의 근심에서 벗어난다.

— 중국 속담

■ 불행을 불러오는 노여움

노여움은 인생을 비참하게 만든다. 노여움을 계속하고 삭여 없애
려는 노력을 하지 않으면 혼란스러운 인생이 계속될 것이다.

— 뷔수다짜라 비구

■ 되돌아오는 증오

방울뱀은 궁지에 몰리면 제 자신을 문다고 한다. 이것은 바로, 다
른 사람에 대한 증오와 분개는 자기 자신을 무는 것과 같다.

원한과 증오로 상대방에게 피해를 주고 있다고 생각하는 사람이
있으나 사실은 자기 자신에게 더 피해를 주고 있는 것이다.

— E. 스탠리 죤스

■ 자애로 극복되는 증오

어둠은 어둠으로 걷혀지지 않고 빛으로 걷혀지듯이

증오는 증오로 극복되지 않고 자애로 극복되느니라.

— 붓다. 장부

■ 육체적 질병을 일으키는 불건전한 정서

분노와 증오는 우리의 마음에 해독이 되는 것 외에 육체적 건강에
도 위험이 된다. 의학은 분노와 그 외의 다른 불건전한 정서가 육
체적 질병의 원인이 된다고 밝히고 있다.

— 뷔수다짜라 비구

■ 남의 행복을 방해하지 않는 것이 행복의 길

남의 행복을 방해 하고서는 자신의 행복을 얻지 못하며 남의 행복과 평화를 도와야 행복을 얻는다.

— '일상생활의 교훈집'

■ 부정적인 것들의 극복 방법

화를 내고 있는 사람에게는 유순하게, 악인에게는 선으로, 수전노에게는 관용으로, 거짓에는 진실로 대하여 극복하자.

■ 어머니에 대한 아버지의 사랑

아버지가 자식들에게 해 줄 수 있는 가장 중요한 일은 그의 어머니를 사랑하는 것이다.

— 데오돌 N. 해스버러

■ 남을 행복 되게 하는 복 받을 사람

―높고 고귀한 열망을 가진 사람.

―다른 사람의 생활을 풍요롭게 하는 사람.

―다른 사람을 평화롭게 살게 하는 사람.

―세상을 살기 좋게 만드는 사람.

―사업, 잔일, 그리고 하루의 여러 가지 일을 사랑의 실천으로 여기는 사람.

복 받을진저, 자애를 소중하게 여기는 자들이여!

■ 사람은 생각과 행위의 반사경

세상은 거울과 같다. 웃는 얼굴로 보면 웃는 얼굴을 보여주고 성난 얼굴로 보면 성난 얼굴이 반사되어 오는 것을 본다. 마찬가지로 자애와 연민으로 행동하면 선행이 그만큼 쌓이게 된다.

■ 어머니의 기쁨

어떤 웃음도 자식이 잘된 것을 기뻐하는 어머니의 웃음처럼 감동을 주는 고귀한 웃음은 없다.

— 진 폴 리쳐

■ 자애는 바로 인생

과학자들 말에 의하면 이 지구를 형성하는 원자들 사이에 응집력이 없으면 지구는 모두 산산 조각이 나서 인간은 존재할 수 없다고 한다. 맹목적인 물질계도 응집력이 있는 것처럼 활력을 가진 일체도 응집력이 있을 것이 틀림없다. 이 활력을 가진 일체 사이의 응집력이라 이름할 수 있는 것이 바로 자애—그 곳에 생명이 있다. 증오는 파멸의 길이다.

— 마하트마 간디

■ 기쁨을 잃는 시간

잠깐 한번 화를 내면 1분 동안의 기쁨을 잃는다.

— 랄프 왈도 에머슨

314

■ 분노는 가장 어리석은 짓

분노는 모든 선행을 망가뜨리며 또 쉽게 잊혀지지 않는다. 현재 생각해보아도 그렇고 훗날 되돌아보아도 분노는 흥미로운 것이 되지 못한다.

분노가 불꽃처럼 타올라 솟아오를 때 자신을 섭수하여 이성을 잃지 않도록 해야 한다. 분노는 도둑과 같아서 당신이 가진 것을 모두 앗아간다. 분노보다 나쁜 것은 없다.

■ 흔들리는 사랑

가난이 문을 노크 하면 사랑은 창문으로 빠져 나간다.

■ 사랑은 맹목적

사랑은 맹목적인 것임에도 불구하고 대부분의 사람들은 남몰래 구애한다.

■ 맛없는 식사

카레라이스를 포크와 수푼으로 먹는 것은 통역을 통해 사랑을 속삭이는 것과 같다.[25]

— 인도 속담

---

25) 인도인들은 밥 먹는 자리에서 손을 씻은 후 맨손(오른손)가락으로 밥과 카레를 이겨 먹는데 수푼과 포크를 사용하는 사람들이 이를 야만스럽다고 흉보는 데 대해 오히려 이들을 먼저 손으로 음식을 맛보지 않고 먹는 어리석은 사람이라 빗대고 하는 말임.

■ 진실한 베품

당신이 가진 것으로 베푸는 것은 조그마한 베품에 불과하다.

진실한 베품은 당신 자신을 바치는 것이다.

18

타인에 대한 봉사는
자신에 대한 봉사

타인에 대한 봉사는 자신에 대한 봉사

우리는 세 가지 질문, '나는 누구인가?', '나는 지금 여기서 무엇을 하고 있는가?', '나는 필요한가?' 라는 커다란 질문을 했을 때 세 번째 질문에 대해 나는 정말 필요 없다는 것이 진실한 대답일 것이다. 얼마나 많은 위인들이 인류에 공헌하고 이 세상을 떠났던가? 그렇다고 이 세상 돌아가는 것이 중지되었던가? 물론 그렇지 않다. 우리는 마르틴 루터 킹(Martin Luther King), 존 F 케네디(J. F. Kennedy), 마하트마 간디(Mahatma Gandhi) 그리고 테레사 수녀(Mother Theresa)를 애도하지만 이전처럼 살고 있다.

이러한 사람들의 위대한 점은 중요하지 않은 질문이 되겠지만 그들 스스로가 필요한 존재인지 아닌지에 대해 신경을 쓰지 않았다는 것이다. 중요한 것은 그들이 살아 있는 동안 적어도 남들에게 필요하도록 했다는 점이다. 우리 또한 남들이 나를 필요하게 하도록 할 수 있으며 남을 도울 준비만 되어 있다면 우리의 인생을 의미 있는 인생으로 만들 수 있다. 인류를 위해 봉사하는 인생은 살아갈만한 유일한 가치를 가지고 있다.

불교인이 취할 수 있는 가장 고귀한 길은 자비의 길이다. 이것은 우리가 살고 있는 이 세상의 괴로움(苦)을 덜어주기 위해 최선을 다하고 남의 괴로움을 줄여주기 위해 가진 능력으로 무슨 일이든지 하는 것을 의미한다. 대자대비의 붓다가 45년 동안 무상의 불법을 전법 노력한 것은 이 세상에 살아 있는 모든 생명에게 행복을 심어주기 위한 봉사 때문이었다.

봉사의 길은 많다. 지식과 지혜를 얻는 데 도움이 되도록 다른 사람에게 고귀한 종교교리를 소개할 수 있으며 무지에 쌓인 사람에게 용기를 주어 두려움을 널리 걷어내게 할 수도 있고 재물을 주고 시간과 노력을 줄 수도 있다. 이 세상에는 얼마간이라도 남에게 도움이 되지 않는 사람이 없다. 여러분의 힘이 얼마나 강한지 알아내어 이를 대가 없이 발휘해 보는 도전은 여러분의 몫이다. 여러분 자신이 진정으로 행복할 수 있는 것은 오로지 사심 없이 타인의 행복을 증진시켜 주는 일이다.

■ 도움에 대한 보상

인생에서 가장 아름다운 보상의 하나는 진실로 남을 돕는 사람은 모두가 사실은 자기 자신을 돕는다는 사실이다.

■ 제자에 대한 스승의 태도

한 승려가 한 번은 두 사람의 제자를 데리고 있었다. 한 명은 총명하고 자기 책임을 다하는 반면 한 명은 우둔하고 남에게 어떤 도움이 되는 일도 할 능력이 없어 오로지 자기 자신밖에 몰랐다. 총명한 제자는 세월이 지남에 따라 좌절을 느껴 스승에게 가서 다른 한 제자를 내보내든지 아니면 자기가 대신 떠나겠다고 말했다.

스승은 그에게 다음과 같이 말했다. "자네의 재능으로 보아 자네는 혼자 꾸려갈 수 있고 다른 사람들의 환영도 받겠지. 자네가 만약 이곳을 떠난다 해도 나는 자네 걱정은 하지 않네. 그러나 자네의 도반(道伴)은 자기 자신을 꾸려 나갈 수 없고 사람들의 동정도 기대할 수 없네. 그러므로 그는 자신을 꾸려가고 안정을 지키려면 자네의 도움이 필요하네."

■ 남을 위해 일하는 사람은 자신을 이익되게 하는 사람

이기적인 동기 없이 남을 위해 일하는 사람은 진실로 자기 자신을 이익되게 하는 사람이다.

— 스리 라마크리슈나

320

■ 감사에 대한 기대

우리가 행복하게 살려면 남으로부터의 감사나 배은망덕에 대한 생각을 버리고 그 대신 베품에서 오는 내심의 기쁨을 가져야 한다.

배은망덕은 한 번 끼고 버리는 초상 때의 완장처럼 자연스러운 것이다. 감사는 장미꽃과 같다. 시들기 마련이어서 물을 주어 가꾸고, 아끼고 보호해야 한다.

■ 남에게 유용한 인물은 이기심을 줄인 사람

자기 자신의 이익에 대한 생각을 버릴 때에야 모든 사람들에게 중요한 인물이 된다.

■ 참 봉사

초능력이나 신령을 말하지 말라. 인간에 대해 봉사하지 않으면서 어떻게 신령에 대해 봉사할 수 있는가? 인간에 대한 봉사의 진정한 의미는 온갖 잡신과 신령을 피하는 것이다.

― 공자

■ 존중을 바라는 사람들

모든 사람은 존중되어야 하며 존중된 만큼 이를 남에게 되돌려 줄 잠재력을 가지고 있다.

― 다이아나, 웨일즈 왕비

■ 육신이 사찰

이 세상에는 사람의 육신인 오직 하나의 사찰이 있다. 그 어떤 훌륭한 사찰도 이보다 더 신성한 사찰은 없다. 사람의 육신에 손을 얹을 때 우리는 하늘에 닿는 것이 된다.

— 노바리스

■ 살아 있는 자에 대한 봉사와 죽은 자에 대한 애도

살아 있는 사람들에 대한 책무도 다하지 못하고 있는데 어찌 망자의 혼령을 위로하기를 바랄 수 있겠는가?

— 공자

■ 세 가지 만족

신은 희생물을 봉납할 때 만족을 느끼고
조상은 자손이 이어지면 만족을 느끼고
현자는 그가 깨달은 것이 전파되면 만족을 느낀다.

— 맹자

■ 존경에는 존경으로

존경은 인생의 중요한 구성부분이다. 남을 존경하지 않는 것은 그를 잘 대하지 않는 것과 같다. 모든 사람은 존경받을만 하고 좋은 대접을 받을 만하다.

— '깨달음을 위한 교훈'에서

■ 가난과 절식

가난한 자에게 번영을 권하는 것은 굶고 있는 자에게 절식을 권하는 것과 같다.

— 오스카 와일드

■ 자신에게 충실한 사람은 남에게도 충실

자기 자신에게 충실하면 남에게도 충실하며, 남에게 충실하면 자기 자신에게도 충실하다.

■ 자기 자신만이 아는 정직

"나는 이 세상에 정직한 사람이 있다고 믿지 않는다."라는 어느 사람의 말에 "누구든지 이 세상을 모두 안다는 것은 불가능하지만 자기 자신을 아는 것은 가능하다"고 다른 사람이 대답했다.

■ 지혜, 기술, 봉사

해야 할 것을 아는 것은 지혜, 어떻게 해야 하는가를 아는 것은 기술, 해야 하는 대로 하는 것은 봉사이다.

■ 남에 대한 봉사

인생의 중요한 목적은 남의 복리를 위해 어떻게 하든 봉사하는 것이다.

남에게 봉사할 때 자연히 우리 자신에게 봉사하게 된다.

■ 인격을 손상시키지 않는 겸손

겸손은 약하고 비겁한 것이 아니다. 겸손은 굽실거리는 정신과 조심스럽게 구별해야 한다. 겸손에는 솔직한 긍지와 자존심이 있다. 겸손한 사람은 누구에게나 봉사하지만 아무에게도 예속되지 않는다.

— E. H. 샤핀

■ 설교보다는 도움을

곤경에 처한 사람에게는 한 관의 설교보다 한 근의 도움이 더 낫다.

■ 찾기 어려운 정직

정직하기란 이 세상에서 만 명에 한 사람 꼴로 찾기 어렵다.

— 세익스피어

■ 겸손으로 측정하는 사람의 가치

겸손은 사람의 인성을 올바르게 측정하기 위한 것이다.

— 스퍼어전

■ 강할 때 약자를 도울 것

만약 강하다면 약한 자를 돕고 젊을 때 노인을 사랑하라. 자기에게 과오가 있다면 그 과오를 인정하고 남의 과오를 용서하라.

■ 종교에서 겸손의 위치

나에게 종교에서 첫째 일이 무엇이냐고 물으면 첫째도, 둘째도, 셋째도, 아니 전적으로 겸손이라고 대답하리라.

— 성 어거스틴

■ 인생의 가치가 있는 곳

타인에 대한 사랑, 우정, 의분, 연민을 가지면서 타인의 생활에서 가치를 찾는 한 인생은 가치가 있다.

— 시몬 드 보바르

■ 다스리기보다는 봉사를

한 개인의 드높은 숙명은 남을 지배하기보다 남에게 봉사하는 것이다.

— 알버트 아인슈타인

■ 항상 타인의 복리를 생각하는 마음

이기심을 버려라. 이것이 유용한 인간, 행복한 인간이 되기 위한 최초이며 최후의 계명이다.

영적 확장은 타인에 대한 배려를 통해 이루어지는데 자기 자신만을 생각한다면 영적 확장을 향한 발전을 가로막으므로 발전이 이루어지지 않는다.

— 차알스 W. 엘리엇

■ 보상을 바라지 않는 마음

모든 일을 활달한 마음으로 하고 칭찬이나 보상을 바라지 말라.

— 아잔 차

■ 추억에 남는 훌륭한 봉사

훌륭한 봉사의 씨를 뿌려라. 사람들에게는 향긋한 추억으로 자라날 것이다.

— 저메인 드 스테일

■ 영원히 사라지지 않는 보시

제 자신을 위해 한 것은 죽음과 함께 사라지지만 타인을 위해 한 것은 이 세상에 남아 영원히 사라지지 않는다.

— 알버어트 파이크

■ 타인의 발전을 위한 도움

자신의 발전을 원한다면 타인의 발전을 도와라.

— 부커 T. 워싱톤

■ 자기를 찾는 일은 자기를 버리는 것

자기 자신을 찾는 최선의 방법은 타인을 위한 봉사로 제 자신을 잊는 것이다.

— 마하트마 간디

■ 선행의 유지

선행을 오래 유지하면 아마 자신도 모르게 선량한 사람이 될 것이다.

■ 자신을 위한 최상의 형태

인류에 대한 봉사가 자기 이익을 위한 최상의 형태이다.

— 엘버어트 허반드

■ 대가를 취하는 자

신이 병을 치료하고 대가는 의사가 취한다.

— 프랭클린

■ 타인을 위한 생활

타인을 위해 살지 않는 사람의 인생은 별로 의미가 없다.

— 몽떼뉴

19
우정의 기초는 신뢰

우정의 기초는 신뢰

일반적으로 우정은 자발적이고 자유롭게 선택한 관계라고 생각한다. 이것은 자유롭게 선택하지 못하거나 자발적이지 않은 일에 서로 관계해야 하는 가족과는 대조된다. 인간은 본질적으로 사회적 동물이지만 이것은 선택의 문제가 아니고 생존의 문제이다. 이 친화적 상호관계는 사람들 사이에 자기가 존재하고 있는 것을 가치 있게 느끼게 한다. 우정은 대등한 관계로 생각되며 여기에서 규범은 친구가 자기에게 베풀어 준 것에 대해 어떤 형태로든 감사의 표시로 보답하는 것이다.

시간을 함께 한다는 것은 친구들 서로가 한 무리임을 발견하는 것이다. 그럼에도 불구하고 친구들이 시간을 함께 하기를 바라는데도 연애 관계처럼 일반적으로 개방적이지 않은 우정이 있다. 그러나 친구는 일을 부탁하고 물건을 나눠 쓰며 필요할 때 도움을 주는 것을 의미한다. 이것이 우정에서 얻는 명백한 이익이다. 친구들의 정서적 지지는 종종 감사의 표시나 도덕적 지지의 형태를 취하는데 이것은 세속적, 위기적 상황에서 나타난다. 우정은 그 기간이 매우 긴 것도 있고 상대적으로 짧은 것도 있다. 조사한 바에 의하면 노인들의 3분의 2는 전 생애에 걸쳐 우정을 유지해왔다고 한다.

나이가 들어가면 기동성, 건강, 정력의 쇠퇴에 대비하기 위해 사회적 지원의 필요성이 증가한다. 이와 동시에 죽음과 은퇴, 그리고 친구들의 이동으로 사회적 연대망의 규모가 줄어든다. 친구를 가진다는 것이 사람들의 생활을 차이나게 한다. 가난한 사람을 돕고 사회적 적응력을 키워 고독을 멀리하면서 친구를 가지는 것이 자존을 증진시킬 것이다.

붓다는 인격 완성을 위해 노력하는데 도움이 되는, 정신적으로 훌륭한 친구를 찾아야 한다고 가르치고 있다. 이런 친구는 악의 없이 취약점을 지적해 줄 것이며 붓다의 가르침을 실천하는 데 용기를 불어 넣어 줄 것이다. 이와 같은 친구는 보상을 전혀 바라지 않으며 오로지 상대방의 행복에만 관심을 갖고 있으며, 반대로 그 친구에게도 이와 같이 대해줌으로써 서로의 이익을 위해 교류하게 된다.

■ 친구의 정의

네 종류의 친구가 있으니 이를 반드시 알아야 한다.

첫째, 꽃과 같은 친구, 둘째, 자(尺)와 같은 친구, 셋째, 산과 같은 친구, 넷째 대지와 같은 친구이다.

— 포 슈오 페이 수트라

■ 퇴락의 문을 여는 증오

자기 자신을 증오하기 시작하는 사람에게 퇴락의 문은 이미 열려 있으며 한 국가에 있어서도 이것은 마찬가지이다.

— 스와미 뷔베카난다

■ 도덕성에 뿌리를 둔 문화

일반인들은 대부분 알지 못하지만 문화라는 나무는 도덕적 가치에 뿌리를 내리고 있다. 이 뿌리가 없으면 잎은 떨어지고 나무는 잎이 없는 나무둥치로 남을 것이다.

■ 인류의 공감대

인류 역사상 전 인류가 치명적인 핵무기의 사용으로 인한 전반적인 파멸의 벼랑에 선 적이 없었다.

평화를 사랑하는 무고한 사람들은 이에 대한 인류의 공감대와 이해가 불안하게 형성되고 있는 것에 깊이 우려하고 있다. 모두가 커다란 경계의 눈으로 이를 살펴보며 탄식하고 있다.

■ 이방인에 우호적인 세계시민

이방인에게 친절하고 예의 바른 것은 세계시민임을 보여주는 것
이다.

■ 모든 종교인이 가져야 할 동정심

사람들이 기독교인들을 박해하기 시작했을 때 나는 기독교인이
아니기 때문에 나는 아무것도 하지 않았다.

사람들이 힌두교인들을 박해하기 시작했을 때 나는 힌두교인이
아니기 때문에 나는 아무것도 하지 않았다.

사람들이 무신론자들을 박해하기 시작했을 때 나는 무신론자가
아니기 때문에 나는 아무것도 하지 않았다.

사람들이 회교인들을 박해하기 시작했을 때 나는 회교인이 아니
기 때문에 나는 아무것도 하지 않았다.

사람들이 나를 박해하기 시작했을 때 나를 보호해 주는 사람이 아
무도 없었다.

■ 받은 만큼 돌려 줄 것

나의 내적, 외적 생활이, 살아 있는 사람들과 죽은 사람들인 나의
주위 사람들의 노고에 얼마나 많이 의지하고 있는가를 나는 하루
에도 몇 번씩 깨닫고 있으며 그래서 내가 받은 만큼 이를 돌려주
기 위해 나는 성실하게 노력합니다.

— 알버트 아인슈타인

■ 동양과 서양의 차이

동양인은 직관적이고 서양인은 이지적이다.

동양인은 정적이고 서양인은 동적이다.

동양인은 정신적이고 서양인은 물질적이다.

동양인은 신비적이고 서양인은 윤리적이다.

동양인은 내성적이고 서양인은 외향적이다.

동양인은 만족을 알고 서양인은 만족을 몰라 항상 갈구한다.

— 라다크리슈난 박사

■ 기쁨을 나누고 슬픔을 더는 곳

기쁨을 나누고 슬픔을 더는 곳, 어머니와 아버지가 존경받고 사랑받는 곳,

어린이를 바라는 곳, 손수 마련한 것이기에 단출한 식사로도 왕처럼 만족하는 곳, 돈보다 자애가 더 소중한 곳, 차 주전자 끓는 소리에도 행복을 느끼는 곳, 그곳은 가정이니 신은 축복하리.

■ 우정의 파탄

친구와의 우정을 깨뜨려 허망한 것으로 만들지 말라. 그와 같은 우정을 다시는 얻을 수 없을 것이다. 깨어진 우정은 깨어진 접시와 같아 다시는 온전하게 짜 맞출 수 없다. 우정은 접시처럼 수리는 할 수 있다. 사실 부분적으로 수리를 하면 겉보기는 그대로이다.

■ 감사할 것
사다리로 지붕에 올라가고 나서 그 사다리를 걷어차 버리지 말
라.

■ 신임이 가는 믿음직한 친구
신중한 친구를 가지는 것만큼 인생의 축복은 없다.

— 유리피데스

■ 사람을 두려워하는 사람들
옛날 사람들은 야생동물과 악마를 두려워하여 자신을 보호하기
위해 무기를 들고 다녔는데 현대인들은 낯선 사람을 만나면 어떻
게 대처할지 몰라 같은 사람인 낯선 사람으로부터 자신을 보호하
기 위해 무기를 가지고 다닌다.

■ 고독을 느낄 때
나는 혼자 있을 때 자유롭기 때문에 고독을 느끼지 않는다.
나는 다른 사람들과 사회생활을 할 때 여러 가지 차별과 예의, 관
습에 따라야 하기 때문에 고독을 느낀다.

■ 진정한 친구
당신의 모든 결점을 알고 있으면서 당신을 사랑하는 친구가 진정
한 친구이다.

■ 인생의 지침

나는 어느 성자의 희망을 나의 지침으로 삼고 있으니 결정적인 일에 단합을, 중대한 일에 다양성을, 모든 일에 관용을—.

— 죠지 부시

■ 악수하는 법

주먹을 쥐고는 악수할 수가 없다.

— 인디라 간디

■ 진정한 우정

믿음이 없으면 우정이 싹트지 않으며 성실하지 않으면 믿음이 생기지 않는다.

— 사뮤엘 죤슨

■ 우정에서 얻는 이익

우정은 우리의 기쁨을 두 배로 만들어주고 슬픔은 나누기에 우리의 행복을 증진시키고 불행을 감소시킨다.

■ 침묵은 친구

침묵은 당신을 결코 배반하지 않는 친구이다.

— 공자

■ 비밀을 너무 털어놓지 말 것
친구를 가지되 자기의 비밀을 너무 많이 털어놓을 정도로 그를 신임하지 말라. 그 친구가 적이 될 때 당신의 모든 비밀은 세상이 다 알게 되므로.

■ 새 친구와 옛 친구
새 친구를 사귀되 옛 친구도 지켜라. 전자는 은, 후자는 금이다.

■ 자신이 자신다울 때
친구란 무엇인가? 내가 말해 주리라. 친구를 만나면 당신이 서슴없이 당신다워지는 때, 그 친구가 바로 당신의 친구이다.

— 프랭크 크래인

■ 기도
주여, 친구들로부터 저를 지켜주소서. 저는 저의 적들로부터 저를 어떻게 지켜야 하는지는 알고 있습니다.

— 볼테일

■ 덕이 있는 친구
우정은 미덕이 수반되어야 하며 크고 관대한 마음으로 대해야 한다.

— 트랩

■ 비판 대처술
비판을 받는 것은 반드시 나쁜 것만은 아니다.

— 안소니 에덴 경

■ 지혜가 있는 곳
살피는 시간을 가지는 것에 지혜가 있고,

나누고 구하는 것을 함께 하는 것에 지혜가 있으며,

은혜를 알고 개심하는 데 지혜가 있으며,

좋은 친구를 사귀고 우정을 유지하는 데 지혜가 있다.

■ 말이 필요 없는 우정
우정의 언어는 말이 아니라 뜻이다. 우정은 언어를 능가하는 사고(思考)이다.

— 토로우

■ 집 장식
집을 장식하는 것은 그 집을 자주 찾는 친구와 같다.

— 에머슨

■ 선택은 어려운 것
인생에서 어려운 것은 무엇을 선택하는 것이다.

— 죠지 무어

■ 우정은 모든 것

우정을 가진다는 것은 최고의 사랑, 최고로 유익한 것, 가장 열려 있는 의사소통 통로, 가장 고매한 괴로움, 가장 준엄한 진리, 가장 정성어린 충고, 용감한 사람들이 가질 수 있는 가장 위대한 마음의 결합을 의미한다.

— 제레미 테일러

■ 거짓 친구와 참 친구

거짓 친구는 벽을 휘어감아 썩게 하여 허물어뜨리는 담쟁이넝쿨 같으나 참 친구는 상대방을 도와 새로운 인생을 열어주고 활력을 불어넣는다.

— 버어튼

■ 행복은 남과 함께 나누는 것

가장 고상한 생각을 가진 사람들은 남들이 그들과 즐거움을 같이 할 때 가장 행복하다고 생각한다.

■ 우정은 서서히 자라는 것

우정은 천천히 자라는 나무와 같아 우정이라고 부를만한 것이 되기까지는 역경의 충격을 견뎌 참아내어야 한다.

— 워싱톤

20
죽음은 인생의 종말이 아님

죽음은 인생의 종말이 아님

죽음은 모든 살아 있는 생명 조직에 점진적으로 일어나는 생명활
동의 종식이다. 죽음의 상태는 언제나 신비와 미신으로 가려져
왔다. 인간의 죽음에 관한 정확한 정의는 아직도 논쟁거리로 남
아있고 전통적 신앙에 따라 차이를 보인다.

인간은 아직도 죽음을 두려워하고 있다. 언젠가는 죽음에 직면해
야 한다는 것을 알고 있다. 이것이 죽음에 대해 쓸데없이 걱정하
는 원인이다. 죽음을 걱정한다고 해서 죽음이 없어지는 것도 아
닌데 왜 이를 평온하게 받아들이지 못할까? 죽음은 누구에게나
온다. 어떤 사람은 인생의 황금기에, 어떤 사람은 늙어서 죽기도
하는데 어떻든 모든 사람은 어쩔 수 없이 죽게 되어 있다. 우리는
원해서 이 세상에 온 것이 아니며 누가 막는다고 이 세상을 떠나
지 않을 수 없다.

우리는 어디에서 온지 알지 못하고 이 세상을 떠날 때 어디로 가
는지 알지 못한 채 홀로 맨 몸으로 어둠 속으로 사라진다. 일가친
척과 친구와 친지는 죽은 자의 무덤까지는 따라가지만 더 이상 따
라가지는 못한다. 오직 생전의 선행과 악행만이 그를 따른다. 그
러므로 죽음은 인생의 끝이 아니다.

죽음은 누구에게나 오며 이것은 생명 순환의 한 부분이다. 모든 사람, 모든 식물, 모든 모습, 살아있는 모든 것이 같은 길을 따르는 것처럼 "우리는 어쩔 수 없이 죽음을 향해 간다." 곧 가을이 오고 그러면 낙엽은 떨어진다. 계절의 마지막이 오면 나뭇잎이 떨어지는 것은 자연의 섭리이기에 낙엽이 진다고 우리는 울지 않는다. 인간도 낙엽과 같은 운명이다.

신앙을 가진 사람은 금전만능주의자보다는 죽음에 대한 두려움이 적다. 금전만능주의자들은 감각적 쾌락을 만족시켜주는 이 생에만 오로지 관심이 있고 그래서 재물에 대한 집착이 크다.

죽음은 보편적이어서 모든 사람에게 다가온다. 예외가 없기에 우리 모두는 슬픔이라는 유산을 가지고 있다. 붓다는 죽음을 모든 살아 있는 것이 겪는 자연현상으로 받아들일 것을 가르치고 있다.

■ 태어남은 죽음의 확인서

어느 날 붓다는 아난다에게 말했다. "왜 죽음이 있는지를 누군가가 묻거든 태어남이 있기에 죽음이 있는 것이라고 대답하여라. 태어남이 없으면 죽음도 없느니라. 죽음을 면하려고 애써보아야 이는 자연현상을 모르는 짓, 자연법칙을 거스르고 있는 일이니라."

어느 나라에서 해가 지면 다른 나라에서는 해가 뜬다. 그러므로 해가 지는 것은 해가 없어지는 것이 아니다. 이처럼 죽음은 생명의 끝이 아니다.

죽음은 한 생명의 새로운 시작이다. 태어남은 죽음의 확인서이다. 그러므로 죽음이 없기를 바라는 자는 태어나는 일을 없애야 한다.

■ 남에 대한 이바지

죽음 그 자체는 슬픈 것이 아니지만 제 자신을 위해서나 이 세상을 위해 무엇인가를 한 일이 없이 죽었다면 이는 슬픈 일이다.

■ 훌륭한 죽음을 맞는 방법을 배울 것

이 지상 모든 사람에게 죽음은 조만간 찾아온다. 그러므로 사람은 자기 조상의 유골을 위해서, 그리고 섬기는 신전을 위해서 죽음을 두렵게 대하기보다 훌륭하게 죽는 법을 배워야 한다.

— 마코올리 경

■ 죽음이란?

늙은 사진사는 결코 죽지 않는다. 다만 현상, 인화를 중지할 따름이다.

늙은 회계사는 결코 죽지 않는다. 다만 대차대조표를 못 만들 따름이다.

늙은 변호사는 결코 죽지 않는다. 다만 소송 사건을 못 맡을 따름이다.

늙은 교수는 결코 죽지 않는다. 다만 연구능력이 없을 따름이다.

■ 가지고 온 것도 가져갈 것도 없음

태어날 때 우리는 아무것도 가지고 온 것이 없으며 죽을 때 우리는 아무것도 가지고 가는 것이 없다.

— 중국 속담

■ 죽음은 자연의 리듬

죽음은 인생의 별난 사건이 아니다. 그것은 한 개인의 역사에는 위기가 되지만 끊임없이 이어지는 자연의 리듬의 한 부분이다.

— 라다크리슈난 박사

■ 죽음으로부터 도피

살아남기 위한 몸부림은 죽음에서의 도피를 의미한다. 죽음이 없는 생명이 없으며 생명이 없는 죽음은 없다.

■ 죽음은 두려운가?

세상은 죽음을 두려워하나 나에게 죽음은 행복을 안겨준다.

— 나낙 구루[26]

■ 훌륭한 죽음을 위한 훌륭한 삶

누구에게나 훌륭한 삶 다음에 중요한 것은 훌륭한 죽음이다.

■ 윤회 — 생과 사의 반복

한 인간의 끊임없는 생과 사의 반복을 전문용어로는 윤회라고 한다. 윤회란 생사의 큰 바다에 반복하여 일어나는 생명의 흐름이다.

생명의 흐름인 윤회는 무지와 갈애의 흙탕물을 마시는 한 무한이 계속된다. 이 두 가지가 완전히 없어지면 붓다와 아라한처럼 생명의 흐름은 그치게 되고 태어남도 끝나게 된다. 이러한 생명의 흐름의 최초 시점은 무지와 갈애를 완전히 비워버린 생명력의 활동 무대를 알 수 없는 것처럼 언제라고 단정할 수 없다.

태어남의 되풀이, 윤회는 저절로 사라지지 않는다. 모든 생명존재가 윤회에 빠지게 된 시점은 없으며 윤회는 시간적 경계가 없으므로 윤회의 종식에 대한 추론으로는 윤회의 종식인 해탈에 이를 수 없다.

---

26) 힌도교의 명상수련 지도자.

■ 인생은 단지 선행과 악행의 연속일 따름

우리는 어디에서 왔으며 이 세상을 떠날 때 어디로 가는지 알지 못한다. 이 세상을 떠날 때는 홀로 맨 몸으로, 어둠 속으로 사라진다. 일가친척과 친구들은 죽은 자를 따라 무덤까지는 갈 수 있지만 더 이상 따라 가지 못한다. 단지 죽은 자의 생전의 선행과 악행인 업만 그를 따른다.

■ 죽음이 없는 생명은 커다란 부담

죽음이 없다면 인생은 정체되고 단조로우며 짐스럽고 지겨운 것이 될 것은 말할 것 없다.

만약 통찰로써 죽을 때를 깨달아 알면 현재 하고 있는 행동에 반드시 변화가 일어날 것이다. 죽음은 육신의 생리학적 부식에 지나지 않는다.

■ 망자에 대한 추모

예언자 모하메드가 사별한 부모를 위해 해야 할 일에 대한 질문을 받았을 때 그는 그 질문자에게 사람들의 갈증을 풀어줄 우물을 팔 것을 권했다.

■ 죽음을 맞는 자아는 없음

우리의 생명은 마음(名)과 물질(色)의 결합이며 그러므로 죽음을 맞는 개별적 자아는 존재하지 않는다.

■ 죽음에 대한 두려움

죽음을 두려워하는 것은 낡은 옷을 버리기를 두려워하는 것과 같다. 죽음을 두려워하는 한 그 인생은 최대의 인생, 최상의 인생이 되지 못한다.

■ 출생, 사망, 재생

출생을 간단히 말하면 명과 색이라는 두 무더기의 결합이다. 이두 무더기가 한 무더기로 되어 나타난 것을 생명이라 한다. 이두 무더기의 해체가 사망이며 두 무더기가 다시 결합하는 것을 재생이라 한다.

■ 돌아오지 않는 자

우리보다 먼저 어둠의 길로 사라져 간 수 많은 사람들 중 아무도 우리 역시 찾아가야 할 길에 대해 어느 길을 가야할지 일러주러 돌아오지 않는 것은 이상한 일이 아니다.

— 오마르 카얌

■ 죽음을 몰고 오는 두려움

내가 여태까지 들은 일 중에 가장 기이한 일은 때가 되면 죽음은 반드시 찾아오는 것이건만 사람들은 죽음을 맞아 이를 두려워하는 것이다.

— 윌리암 셰익스피어

348

■ 죽은 뒤에 얻는 것

어느 부자가 죽기 전 그의 주치의와 목사, 그리고 변호사 세 사람에게 그가 죽은 후 매장하기 전 그가 배정한 돈을 관 속에 넣어 줄 것을 조건으로 각각 10만 불씩 증여했다.

의사는 망자의 의료비조로 2만 5천불을 제하고 나머지를 관 속에 넣었다고 말했다.

목사는 망자를 위한 기도처의 지붕 수리비로 3만 불을 제하고 나머지를 관속에 넣었다고 말했다.

변호사는 법에 따라 망자의 대리인으로서 망자의 기대에 어긋한 두 사람을 기소한다고 말했다. 그는 따라서 그가 증여 받은 10만 불과 두 사람이 소비한 금액을 합친 액수를 관 속에 넣었는데 그것은 당좌수표였다.

■ 신비가 아닌 죽음 후의 태어남

사망과 출생의 차이는 단지 찰나의 생각일 따름이다. 이 생의 마지막 순간 생각은 소위 내생 최초의 순간 생각을 조건 지우는데, 실제로 이것은 동일한 연속선상에 있다.

한 생애 동안에도 한 순간 생각은 다음 순간 생각을 조건 지운다. 그러므로 불교의 견지에서 보면 죽은 후의 생명에 대한 문제는 큰 신비가 되지 않으며 그래서 불교인은 이 문제에 대해 크게 신경 쓰지 않는다.

— 존자 W. 라훌라 박사

■ 영웅에게는 죽음은 단 한 번

비겁한 자는 마지막 죽음 전에 여러 번 죽음을 맞지만 용감한 자는 단 한번의 죽음만 맞는다.

— 윌리암 셰익스피어

■ 사라지지 않는 마음(名)

인간의 육신은 흙으로 변하지만 마음(名), 혹은 업(業)의 세력은 사라지지 않는다.

— 붓다

옮기고 나서

본 명언집 『행복을 여는 지혜』을 엮은 철학박사 스리 다마난다 (K. Sri Dhammananda) 님은 말레이시아와 싱가폴의 상좌부 불교 대종사이며 말레이시아 쿠알라룸풀에 있는 브릭필드(Brickfield) 대찰의 방장이기도 하다.

금년 83세인 담마난다 대종사는 스리랑카 출신으로 12세에 출가하여 스리랑카의 유명한 불교 학원인 비드야랑카라 프리베나 (Vidyalankara Privena)에서 불교 교육을 받고 그 후 인도의 힌두대학에 입학하여 산스크리트어와 힌두어를 학습하고 인도 철학을 연구하여 말레이시아와 극동 여러 나라로 포교활동을 하기 전까지 인도에서 불교 포교에 전념해왔다.

그는 말레이시아 불교 포교회 창립자이며 정신적 지도자이다. 정신적 지도자로서 그는 여러 단체와 조직들에게 용기를 불어넣고 있으며 불교에 관한 지식과 정확한 이해를 돕고 불법 포교를 위한 실천적이고 평화로운 수단과 정신자세를 가르치고 있다. 1977년에는 스리랑카에 불교 근본교리 연구소를 설립했는데 이

곳은 비구승들의 두타행(頭陀行 : 의식주에 대한 탐착을 버리고 심신을 수련하는 것)에 도움이 되고 있다.

극동의 몇 나라와 말레이시아와 같은 비불교국가에서 포교활동으로 쌓은 풍부한 경험으로 그는 불교에 새로 입문하는 신자들의 요구를 깊이 꿰뚫어 볼 수 있게 되었다. 간결하고도 알기 쉬운 불교 관계 저서와 소책자의 저자로 알려져 있으며 이 중 국내에 소개된 저서로는 『현명한 사람은 마음을 다스린다(How to live without fear and worry, 2002. 7. 10. '지혜의나무' 홍종욱 옮김)』 『붓다의 위대한 가르침(What Buddhists believe, 2000. 2. 20. '경서원' 홍종욱 옮김)』이 있으며 그 외에 『종교는 왜 필요한가(Why Religion)』 『불법의 보물 (Treasure of Dhamma)』 등 50여 권에 달하며 20여 개 언어로 번역, 세계 각국에 보급되어 불교인들뿐만 아니라 타 종교인들에게도 깊은 감명을 주고 있다. 그가 말레이시아에 정착하기 전까지 불교 불모지였던 회교국가 말레이시아에서 전국을 순방하여 많은 말레이시아인들을 불교에 귀의시켰음은 물론 해외에까지 여러 가지 포교수단으로 50여 년간 꾸준히 해외 포교활동을 해 왔다. 말레이시아 6개 대학과 지식층 모임에 정기적으로 불교 강연을 하고 있으며 불교 강사로서, 포교사로서 그는 극동인 한국과 일본, 그리고 홍콩, 태국, 인도네시아, 싱가폴, 그 외에 영국, 미국, 캐나다, 오스트리아, 뉴질랜드 등을 순방하여 불교에 관한 강연과 포교활동을 하는 외에 타 종교 간의 회의에도 참석하였다. 특히 1998년 일본 교토(京都)에서 열린 제1차 세계 불교 지도자 회의를 주재하며 "세계 불교인들은 종파의 장애를 극복하여 부처님의 근본 가르침에 돌아가자"고 역설한 바 있다.

종교와 복지에 관한 그의 이러한 활동을 인정하여 말레이시아 국왕은 J. S. M. 상을 수여하였고 미국에서의 적극적인 포교활동으로 미국의 불국토 대학(Dharma Realm University)은 명예박사학위를 수여하였으며 최근에는 스리랑카의 빠알리 불교대학(The Buddhist & Pali University)과 스리로하나 대학(Sri Rohana University)는 명예문학박사학위를 수여했다. 태국의 마하출라랑카라 대학(Mahachrulalankara University)에서는 철학박사학위를 수여받았다. 미얀마 정부는 그에게 불교의 최고 명예인 '악기마하 판디타(Aggamaha Pandita)'라는 칭호를 부여했다.

역자는 이처럼 훌륭한 분과 우연한 기회에 인연을 갖게 되어 위에 언급한 것처럼 그의 저서를 이미 2권 번역 출판한 바가 있고 이번에 또 본서를 독점 번역, 출판하는 영광을 얻게 되었다. 원저에 명언을 한 인물들의 소개가 전혀 없어 역자 나름으로 자료를 뒤져 각주를 달았으나 역자 능력의 한계로 일일이 각주를 달지 못한 아쉬움이 남는다.

본서는 불경 명구뿐만 아니라 역사상 위대한 종교 지도자와 위인들의 명언을 모은 명언집으로 그 내용이 직설, 역설, 은유, 해학, 풍자 등 다양한 방식으로 표현되어 읽는 이로 하여금 정문일침(頂門一鍼)이 되기도 하고 미소를 짓게 하는 것도 더러 있으나 대부분의 내용에서 깊은 감영을 얻으리라 믿어 불교인은 물론 타 종교인과 일반인들도 곁에 두고 수시로 몇구절씩 가볍게 읽어 '마음의 양식'으로 삼을 수 있는 재료가 되리라 믿어마지 않는다.

인터넷 사용자가 증가함에 따라 독서열이 날로 쇠퇴해가는 추세로 인해 출판계가 모두 어려움을 겪고 있는 이 때 본 역서의 출판을 흔쾌히 맡아주신 이의성 사장님께 감사의 말씀을 드린다.

해운대 장산기슭에서

홍종욱

행복을 여는 지혜

초판 1쇄 | 2004년 9월 6일
초판 2쇄 | 2004년 9월 20일

엮은이 | 담마난다
옮긴이 | 홍종욱
펴낸이 | 이의성
펴낸곳 | 지혜의나무

등록번호 | 제1-2492호
주소 | 서울시 종로구 관훈동 198-16 남도빌딩 3층
전화 | 02 · 730 · 2211
팩스 | 02 · 730 · 2210

ISBN 89 - 89182 - 23 - 9 03890
ⓒ지혜의나무